追っかけ転生でちび王子になった件
～スパダリ勇者と秘密の世界～

深月ハルカ

illustration: 石田惠美

追っかけ転生でちび王子になった件

～スパダリ勇者と秘密の世界～

1. まだ、この世界にいた頃

一国の首相が狙撃されるというテロがあってから数年、この国では要人警護の強化が大急ぎで進められた。これといった民間軍備会社を持たず、金払いがしっかりしている市場は、海外から見ると金の鉱脈だ。武器商の子会社、特殊部隊OBの立ち上げた会社、IT系が買収した軍事会社などが進出してきて、あっという間にいくつもの日本《にほん》支社ができた。

山之口夜《やまのぐちヨル》が在籍する「Forseti《フォルセティ》」は、そんな支社の一つで、本社は北欧にある。

「ヨル、上階《うえ》へ回れ」

イヤーモニターから由上君良《よしがみきみら》の声がする。だいたい、こいつはいつも命令口調だ。でも、面と向かって逆らうことはできない。バディとして組んでいるが、実力の差は明らかだからだ。

由上には、敵《かな》わない。

「……了解」

場所は江東区《こうとうく》のスポーツ施設だ。

厚生労働省後援のイベントで、警護対象は大臣だった。一般客の来場も多く、ヨルと由上の他、会社からは六人のスタッフが投入されている。ヨルは地下駐車場にいた。

大臣の乗る車両の走行ルートは予《あらかじ》め決められており、駐車する位置も一般車両とは分けられている。もちろん警察官も公安も配備されており、民間に丸投げなんてことはしない。民間SPの本領は、セキュリティのプロフェッショナルとして警備全体をプロデュースし、発砲権限を持つ警官たちを駒として上手に使うことにある。ヨルは敬礼してくる駐車場警備の警官に、軽く右手を上げて返した。

「地下を離れます。何かあったら無線で連絡を」

「はっ！」

非常階段のほうへ去りかけ、ヨルは一度地下駐車場全体を見渡した。

「……」

視界に不審なものはない。大臣の車を停《と》める場所は充分な空間を空けてある。柱の陰や入り口など、遠くからでも狙撃が可能な場所には警官を置いている。それでも、地上スロープから斜めに差し込んでくる外の世界に、不気味な眩《まぶ》しさが混じっているようで、ヨルは色素の薄い瞳を眇《すが》めて見つめてしまう。

――なぜこんなに胸騒ぎがするんだろう。

由上が来いと言ったからだろうか。何かざわざわするのに、違和感の〝元〟を見つけられない。

駐車場へ入る二車線道路は交通規制をかけているので、車も走っていないし、なんなら人も通っていない。ヨルの位置からは、ただ無駄に点滅を繰り返す歩行者用の信号が見えるだけだ。

「遅い」

「……」

一階に駆け上がると、待っていた由上がばさっと量販店の紙袋を投げて寄越した。

「着替えろ、一般客に紛《まぎ》れて捜索する」

ちらりと見上げると、由上の意志の強そうな眼《め》とかち合う。欧米系のハーフとわかる、彫りの深い顔立ちで、艶のある黒髪も黒い瞳も、真っ黒ではなかった。由上は、ヨルがついてくるという大前提ですらりとした体躯《たいく》を反転させ、そのまま歩き出す。

股下の長い脚は、急いで歩かなくても歩幅が進む。つやっと黒光りするイタリア製の靴が、エレガントな音を立てた。警備会社用に空けてもらっている控室に向かうらしい。歩きながら説明を始める。

「オフィスから連絡が入った。SNSに大臣の殺害予告が上がったそうだ」

分析班のプロファイリングによると、予告が悪戯ではない可能性は55%、予告者のSNS発信元は、会場に向かって移動しているという。

「二十二歳女性、WEB上で確認できた本人画像はスマホに送ってある。減算加工した画像もあるから、そっちを基準に探してくれ」

自社開発で、どれだけ〝盛った〟画像でも元の顔に戻せるソフトが用意してある。ネット上で美少女に化けたおっさんでも、残念な素顔を割り出せるという便利な代物だ。ヨルは歩きながら送られてきた画像を確認し、カラーコンタクトにミルキーピンクの長い巻髪、やたらに胸元を強調したミニ丈のワンピース姿を脳裏に叩《たた》き込む。

「そいつは実行部隊だが、本人にそこまでのポリシーはないとみていい。おそらく、金で動いているだけで指示役は別にいる」

味気ない白いドアを閉め、部屋に入る。ヨルは、ドアに寄りかかって出て行く様子のない由上に、ぶっきらぼうに言った。

「着替えるんだけど」

「気にするな。着替えながら話を聞け」

「……」

――別に……いいけどさ……。

裸がどうのというセンシティヴな性格ではない。ただ、オーダーで仕立てた細身のスリーピーススーツを嫌味なく着こなせ、モデルも顔負けのイケメンぶりを発揮している由上の前で着替えるのが、やや気後れするというだけだ。

なんの変哲もないビルの管理事務室で、ただ寄りかかって腕組みしているだけで、こんなにサマになる男もいないだろう。ヨルはガサガサと紙袋から着替えを取り出しながら、ちらりと由上を見てしまう。

高さがあって整った鼻梁《びりょう》、甘くも鋭くも見える自信に満ちた瞳。肉感的で、セクシーさを感じさせる唇。東洋人にはない、骨がしっかりした三次元的な体格。由上の身体《からだ》は細身に見えるけれど、ぺらっとしていないのだ。かっちりしたシャツの襟から覗《のぞ》く喉仏すら、官能的なラインを描いていた。

――こういう、フェロモン出てそうな俳優がいたよな……。

自分もハーフだ。父親がロシア系だったらしく、髪も目も色素が薄い。髪はほぼプラチナに近いし、瞳は、本当は紫なのだが、どうかすると光の加減で赤系に見える。

この仕事に就く前は、何度もモデルにならないかと声をかけられた。だが、人前で雰囲気を出して格好をつけるとか、とてもそういうことをやれる気がしなくてすべて断った。ああいうのは、由上のような自信家がやるものだと思う。不愛想で、やぶ睨《にら》みしかできない自分には向いていない。

――こいつは、立ってるだけで目を惹《ひ》くし。

伊達《だて》なのか実用なのか、由上は黒いフレームの細い眼鏡をかけている。しなやかな長い指がフレームを押し上げたり、無造作に流している髪を掻《か》き上げたりするだけで、オフィスの女子職員がため息をこぼしながら見ているのは知っている。

イタリア・マフィアの若き後継者だと言っても通用しそうな感じだ。これだけ人を惹きつけるのに、警護の際は驚くほどオーラを消せる。それも、彼がトップSPである理由の一つだ。

警護者として目立たず、そしてテレビ映りが重要な〝ここぞ〟という時には、王侯貴族につき従う騎士さながらに警護対象を引き立てる。彼ほどの美形がぴったりと横についていると、対象者は並の人間でも、非凡な傑物《けつぶつ》に見えてしまうのだから不思議だ。

「今、バックオフィスのほうで指示元の洗い出しをしてる。だが、運がよければ間に合うという程度だ。期待せず、とにかく女を押さえろ」

すでに会場警備の警官たちには女性の画像を配布している。セキュリティカメラの顔認識でもフルにチェックをかけているが、相手だってそのくらいはわかっている。あらゆる方法で変装をかけてくるだろう。特に、顔半分が隠れてしまうマスクや髪型を自在に変えられるウィッグは厄介だ。

ヨルはコットンシャツとパンツ、特徴のないスニーカーに、手ぶらに見せないためのスマホホルダーをベルト部分につけ、由上のほうを向いた。

「なんでオレなんだ」

自慢でもなんでもないが、自分の容姿も目立つほうだ。一般客に紛れて近づくなら、もっと見た目

が地味な奴《やつ》にやらせたほうがよいのではないかと思う。だが、由上は面白そうに唇の端を上げた。

「女の群れに、むさくるしい男なんか近づかせてみろ、嫌がられて不審者扱いだ。お前は〝ただしイケメンに限る〟という諺《ことわざ》を知らないのか？」

——諺じゃないだろ。

「少なくとも、お前なら不用意に近づいても通報されるリスクは低い」

髪ももっとラフに崩しておけと由上の手が伸びてきて、髪をくしゃくしゃに掻き混ぜられる。その指の感触に、ヨルは思わず息を詰めてぎゅっと目を瞑《つむ》ってしまう。

「役どころは訪日観光客だ。何か聞かれても、〝日本語ワカリマセン〟で通せよ」

赤くなった頬《ほお》を見られるのが嫌で、頭を振って手から逃れ、ヨルは苦し紛れに、自分でもまだ整理のつかない感覚を口にした。

「警備に漏れはないと思うんだけど、なんか……」

「……なんだ」

由上の声が引き締まる。どんなにからかってきても、こういう発言は流さないでくれる。ヨルは尋ねられたことで、無意識にするりと違和感を言葉にできた。

「地下駐車場入り口から信号機が見えるんだけど、なんとなく、信号が切り替わるタイミングが長い気がするんだ。あそこの信号って、プログラム多段式じゃないかと思うんだけど」

すっと眼鏡の奥の瞳が厳しさを増す。

「調べる。そっちは任せておけ。お前は女を探せ」

「……うん」

まるで淑女にするようにドアを開けて見送られ、ヨルは急いでメインアリーナへと向かった。


メインアリーナではすでにイベントが始まっている。この会場は車椅子バスケットの試合が行われていて、車椅子ごと体当たりでぶつかり合う様子は、ダイナミックで迫力があると人気が高い。他にもブラインドサッカーやサウンドテーブルテニスなど、計四か所で競技が開催されていた。大臣が登場するのは表彰式と閉幕式で、観戦は決勝のみだ。ヨルは会場に入り、予告者が潜みそうな場所を見回した。

「……」

閉幕式の演壇は、決勝後にアリーナ中央に設けられる。確実に殺《や》る気なら、演壇がどの位置に来るかぐらい把握しているだろう。

──大会横断幕を背にアリーナ中央。狙うとしたらサブアリーナ側最前列から二十列目程度まで……。

目立ちたくないなら後ろのほうを取るだろうが、標的から遠くなればなるほど、凶器は重装備が必要になる。銃器類はまず持ち込めない。手製の何かだとしたら、投げられる距離は短い。

イヤーモニターからは、それぞれのエリアへの警備通達が聞こえてくる。アリーナ担当へも、殺害予告者の捜索が指示されていた。

『選手及び介助者、ボランティアスタッフの再照合をお願いします。第三者にすり替わる可能性があります。それと所持品については、緊急措置として携帯端末の持ち込みを禁じてください』

アリーナへの出入り口には金属探知ゲートが取りつけられている。最近はオリンピックでも、選手が自由にスマートフォンなどで撮影し、臨場感をＳＮＳにアップすることが許されている。記念すべき日に撮影禁止というのは、あとでクレームが出るだろうけれど、殺害予告が出ている以上、人命優先だ。

ヨルがスタンド席を歩き回りながら捜索している間も、イヤーモニターからは、次々と進行状況が報告される。

『対象車両、地下駐車場へ入ります』

――着いたか。

大臣の移動は予定時間通りだ。自分以外にも、私服に着替えた警官が何人も会場内を捜索している。だが、まだ発見の報はない。

『対象者《マルタイ》、控室に入ります』

――どこだ……。

体育館の高い天井には、車椅子が急カーブする激しい音と、ボールが床を打つ音、車椅子同士が激突するスリリングな音が反響している。会場は試合の行方に沸き、ボールが投げ上げられるたびに歓声が響いた。飛び跳ねて喜ぶ人々の間を、ヨルは「物珍し気に見ている外国人観光客」を装いながら歩き回る。

——女の格好をしているとも限らない。

老人に化けているかもしれないし、男性を装ってくるかもしれない。あてにできるのは、せいぜい背丈と耳の形くらいなのだが、女性の場合はヒールでいくらでも調整できてしまうし、ウィッグで耳が覆われてしまうと見えない。

目に焼きつけた画像を頭の中で立体化し、ほぼ頭蓋骨《ずがいこつ》の形だけでも探せるというくらい注意深く見ていくしかなかった。ＡＩによる顔認識技術は発達したけれど、最後のところでは、人間の勘のほうが一歩リードできたりする。ヨルは一列ずつ探しながら、一瞬、頭の中で引っ掛かっていた信号機のことを考えた。

——ドローンセンサーのことまで、言っておけばよかったか。

でも由上が引き受けると言ってくれたのだから、大丈夫だと思う。彼なら「信号機」と言っただけで、信号機に取りつけられているドローンセンサーのことまで察したはずだ。

ドローンが普及するにしたがって、犯罪に使われるケースがあとを絶たなくなった。だが、既存の航空法だけで規制するには限界がある。荷貨物用ドローンなど、低空を飛び回るドローンは増え続けていて、すべての飛行を止めることはできないからだ。

そこで、ドローンによるテロ攻撃を防ぐために、緊急措置として使われたのが信号機だった。

信号機にはいくつか種類がある。単独で赤↓青の間隔を操作できる「交通信号制御機」がついているもの、遠隔操作で交通量をモニタリングしながら信号間隔を切り替えるもの、歩行者がボタンを押す時だけ切り替わるものなどだ。

国は、これらすべてのタイプの信号機にドローンセンサーを取りつけた。センサーは二十四時間、信号機本体から電力供給を受けながら、異常な飛行物体がないかを監視し、中央の管制センターに信号を送っている。

ただし、これには弱点があった。

ドローンセンサーの設置は、急増する違法ドローンを取り締まるために急ごしらえで設置されたもので、早く安く取りつけるために、既存の信号機に上から載せる形で装備された。だから信号機そのものは古いままで、昔ながらの「交通信号制御機」がついているものも少なくない。

制御機自体は金属でできた箱状のもので、信号機の柱に物理的に付属している。もちろん、簡単に開けられないように施錠されているが、逆に言えば開けられるならいじることができるのだ。祭りが行われる時の道路などでは、予め警察官が制御盤を開けて操作することがある。

――信号の間隔を意図的に遅らせていたら……。

信号機とセンサーは同期している。信号切替を制御している制御センターが、ドローンの監視情報も受け取るため、信号パターンと一緒に情報をやり取りしているからだ。

赤↓青に変わるごとの通信になっていて、ドローンをキャッチしても、異常を知らせる信号を出すまでほんの少しだけタイムラグがある。信号の切り替えが長ければ長いほど、通信の間隔も開いてしまうのだ。その間にドローンが警戒範囲内を飛び越えられれば、異常は検知されない。

通常はこれでも問題ない。一つの信号機で引っ掛からなくても、隣の信号機で引っ掛かる。

だが、標的にしている会場に一番近い場所さえクリアできればよくて、あとはターゲットに飛び込むだけという目的なら、細工をする信号機は一つでいい。

目まぐるしく人々の顔をチェックしながら最悪の予想をしているうちに、イヤーモニターから大臣の来場を告げる報告が入った。

『対象者、会場に入りました』

ちらりと目をやると、アリーナを挟んだ向かい側ではＳＰに前後を固められながら大臣が決勝戦観覧のために着席しようとしている。早く見つけなければという緊迫感はあるが、焦ってはならない。

だがその時、会場の一角でキャーという悲鳴が上がった。

――火災？

白い煙が上がっている。だがそれは白煙を噴射して飛んでいるドローンだ。

アリーナに配備されているＳＰたちが、ドローンを捕獲しようと走り出す。観客はハプニングを動画に収めようと、スマートフォンを翳《かざ》して撮影している。

ヨルはこの機体から観客を避難させるべきか迷い、一瞬そちらを目で追った。その時、イヤーモニターから由上の声がした。

『ヨル！　ドローンは囮《おとり》だ！』

「！」

由上の声が、ヨルの意識を会場の人だかりのほうへ引き戻す。ドローンはアリーナ班が対処する。

自分が見つけるべきは、殺害予告をしてきた人物だ。

――そいつが、〝これから〟何かをするかもしれないんだ。

虹彩《こうさい》がしゅっと対象者を見つけて絞り込まれる。考えるよりも早く、ヨルはスタンド席二列目にいたパーカー姿の女性に向かって走った。

パーカーを頭から被《かぶ》り、ピンクのハート型サングラスをかけたショートパンツ姿。一見すると他の観客と変わらない。スマートフォンを翳し、白煙を撒《ま》き散らすドローンを撮っているように見える。

――でも間違いない。

右手でスマートフォン本体をしっかり握っている。背面に指で支えられるようにリングが取りつけられているのに使っておらず、あれでは左手でしかタップできない。

――でも、この女は右利きなはず。

パーカーの右裾が少しだけ膨らんでいる。ショートパンツの右側の尻ポケットに財布か何かが差し込まれているからだろう。普段右手を使っているのだ。首の傾《かし》げ方も焦点を合わせて目を眇める様子も、右目が基準だ。

右足がわずかに後ろへ下がっている。平行ではなく、前後にスタンスを取っている姿勢が、これから〝前後に衝撃が来る〟用意だと思わせた。

何かを前方へ押し出すのだ……ほぼ瞬間的にそう結論を出し、ヨルはそのまま女の正面に躍り出てスマートフォンを持つ右手ごと摑《つか》んだ。

「なっ、なにすんのよっ！」

周囲の観客が驚いてふたりに注目する。女は、ちゃんと失敗した時のマニュアルも教えられていたらしい。キャーキャーと騒いで被害者を装った。けれど演技感が出ている。だいぶ大根役者だ。

「離して！　ダレか！　この人痴漢《ちかん》です！」

「話をお伺いします。警備室に一緒に行きましょう」

「！　ちょ……」

冗談じゃないわ、と女はぎょっとした顔でスマートフォンを投げた。客席奥側に飛んだ機体を拾いに行くと踏んだのだろう。だが、掴んだ腕を放すわけがない。ヨルは被疑者の腕を引っ張ったまま機体を拾いに行った。

「やだっ！　痛いじゃないのっ、放しなさいよ変態！　へんたーい！　誰かー！」

――由上の言う通りだな。

これが、むさくるしい男性だったら、女の発言に信ぴょう性が出てしまったかもしれない。だが、ある程度見た目がいいと、そこまで不審者には見られないのだ。いくらルッキズムだなんだと非難されようが、外見からある程度の情報を判断するのは、当然だろうと思う。

「警備室に行きましょう。警官に話を聞いてもらいます」

周囲に聞こえるように、ヨルはバカみたいに同じ言葉を繰り返しながら、被疑者女性とスマートフォンを持ち帰った。

その夜――。
ヨルは分析室から被疑者のスマートフォンと解析結果をもらって、自分のフロアに戻った。由上とは背中合わせの席だ。

「お疲れ、どうだった？」

広いオフィスには誰もいない。青いカーペットのフロアに、シンプルな白い机がずらりと並んでいるだけだ。

リクライニング性のいい椅子のメッシュの背を反らせて、由上が振り返った。ヨルはプリントアウトされた報告書とプラスティックバッグに入ったスマートフォンを由上の机に置いて脇に立つ。

「レンズの横に小型のバネが仕込まれてた。シャッターと同期させてあって、針が飛び出す仕掛けだ」

由上がバッグごとスマートフォンを持ち上げ、レンズ部分を見て言う。

「なるほどね。よくできてる。これで発火させて爆破する気だったのか」

ドローンが撒き散らしていたのは水素ガスだった。

水素ガス自体は本来無色で、空気中では拡散しやすい。

「煙が出れば騒ぎになる。スマホを翳しても、怪しくは見えない」

霧散しているガスに火が点《つ》けば、大爆発になる。ガス中に突っ込ませるものは、発火させられる材質なら針程度で充分なのだ。スマートフォンに仕込んだ小さなバネでも充分飛距離は出て、針の表面に塗った薬品が摩擦熱で発火する。もしドローンが撃ち落とされても、ガスが充満していればそれも爆発の引き金になるだろう。

「……信号機のほうは？」

「お前の読み通りだ。操作盤がいじられてた」

ドローンを突入させるために、細工されていたのだ。要人来訪で警戒態勢になる時は、操作盤を検盤してから封をするのだが、封が偽造されていたという。由上は白煙を撒き散らすドローンの映像をモニタールームで見て、囮だと確信したらしい。ドローンそのものに武器が搭載されていたらもっと大きいだろうし、自爆するでもなく目立つ白煙を上げるだけというのは、何かから目を逸《そ》らすための演出だと直感した。トリガーを引く者がきっと会場にいるはず……そう読んだから、叫んできたのだと思う。確かに、由上の勘は正しい。

時刻は夜の二十二時を回っていた。

観葉植物が置かれた窓際の向こうには、オシャレな絵みたいな東京《とうきょう》の夜景が瞬《またた》いている。

由上が眼鏡の奥からヨルを見上げた。

「お前、あの信号のどの辺に違和感を覚えたんだ？」

「……無調整のプログラム多段式信号なら、あの時間、もっとタイミングは短いはずだと思って」

朝夕の混雑時や人が歩かない閑散時に合わせて、予め信号が切り替わるタイミングを変えるのが「プログラム多段式」だ。体育館駐車場の前の二車線道路で、日曜日の昼間ならもっと切り替えは短くていい。イベントに合わせて調整したならともかく、あの場所は一般客を通さない予定だったから、そもそも無調整なのだ。

由上がぽん、と腕を叩いた。

「いい眼のつけどころだな。さすがだ」

「……」

日本文社きってのＳＰに賞賛されて、うんと頷《うなず》くことができない。由上があの場所から信号を見ていたら、もっと早く気づいただろう。でも由上は褒めてくれる。それにどう返すのが正解なのか、よくわからない。結局ヨルは黙って手を出した。

「スマホ、明日にはテロ対策部隊《NBC》に提出しなきゃいけないから」

だから今日中に解析データとにらめっこしながら、自分の担当範囲の報告書を書き上げる。返してくれ、と言ったつもりだったが、由上は報告書のプリントをとん、と整えただけだ。

「これも併せて書いとく。わざわざふたりで別々に作業して、残業を増やす必要はないだろ」

由上なら、てきぱき書き上げて今日中に家に帰り、明日の朝には涼しい顔で報告書を提出するのだろう。こういう時、自分の中でどうにもならない気持ちが込み上げる。

羨望と憧れ。こんな風になりたいという理想の姿を目の前で見せつけられるせいなのか、由上の隣にいると、いつもモヤモヤしてばかりいる。

「……」

手を引っ込め、目線を合わせないようにして頭を下げ、ヨルはパソコンを引き出しにしまって施錠した。

「お疲れ」

見送ってくれる声にも、背中を向けたまま小さく頭を下げるしかできなかった。

翌日は非番だった。だが警護に出ないというだけで、次の警備先への準備に追われるデスクワーク日だ。今度警護する相手の経歴や関係者の情報、警備先の土地や建物の情報を頭に叩き込む。ヨルは遅めのランチを取りにカフェテリアに入った。

オフィスは虎ノ門《とらのもん》にある。高層ビルの二フロアを借りていて、晴れた夏の午後は、青空と入道雲がガラス窓越しに見渡せた。ヨルはきつねうどんを選び、トレイを持って窓際に行く。

日本支社のスタッフは約百二十人だ。この規模なら要らないだろうと思うのだが、二十四時間対応の仕事なので、福利厚生の一環としてどこの支社にもミールサービスが設けられている。

——日本にいると、これが食べられるからいいよな。

研修はアメリカ支社で受けたが、あちらの麺《めん》類はラーメンとフォーしかない。でも、ヨルはきつねうどんが好きなのだ。特にお揚げは大好物だ。この、甘くてじゅわっとしたやつを齧《かじ》るのが楽しみで、いつも最後まで取っておく。

「いただきま……」

手を合わせて小さく言ったら、向かいにかたんとトレイが置かれて、由上が座った。

「ランチに誘おうと思ったら、お前もういないし」

呆然《ぼうぜん》と見るが、由上はまったく気にしない。ヨルは泳がせた目をそのままうどんに落とし、搔き込み始めた。

——なんで来るんだよ。

いや、こいつが自分をかまいに来てくれているのはわかっている。仕事上ペアを組まされているから、ちゃんと意思の疎通ができるように配慮してくれているのだ。けれど、業務報告以外、ヨルはこの男と何を話していいのか一ミリもわからなかった。

うどんをすすりながらそっと視線を上げると、優雅にペンネ・アラビアータをフォークで食べている由上と目が合う。ふっと笑われたのがわかって、ヨルはどんぶりに向き合わんばかりに俯《うつむ》いて麺と格闘した。

「よお由上、昨日のドローン爆弾、お手柄だったな」

「いや、見つけたのはコイツですよ」

通りすがりにトレイを持った他のスタッフが声をかけてくる。水素爆発を起こされる寸前だったイベントは、とりあえず無事に閉幕して、任務は完遂とされていた。

「なんだ山之口かあ、すごいじゃないか」

――オレじゃない。

ヨルは黙って首を左右に振った。相手は、そもそもヨルに返事を期待していない。

「で、指示役の連中は割り出せたのか？」

「上層部が別料金で引き受けるって言ったら、警察が引いたらしいですよ」

提示した価格にびっくりされたと言って、あの程度も支払えないなら他社も引き受けないでしょうねと涼しい顔で笑う。最初はちらりとヨルを見ていた同僚も、いつの間にかすっかり由上とだけ話している。

――人付き合いもうまいよな。

人を惹きつける容姿、そのうえ話術にも長《た》け、政治的なバランスの取り方も如才ない。アメリカ支社での研修中も大人気だった。そんなところも自分には眩しく映る。

「……」

由上と初めて言葉を交わしたのは、研修の時だ。ふたりとも日本支社から送り出されていたので、相部屋に組まされた。年も同じ二十七歳だった。

——最初はびっくりしたよな。

一緒に研修を受けるとは、思っていなかったのだ。

ひと口にSPと言ってもランクがある。アーティストの来日に伴う警護から外国のVIPを迎える際の警護、中には人ではなく宝飾品や危険物質の移送警護という案件もある。特に、政治家のSPを務めるには相応のスペックが必要で、ひと通りの知識の他に、軍での訓練と実績もプロフィールに書けなければならない。そのため、たとえ中途入社組であっても有望と見做《みな》されれば、軍事教練と特殊部隊の訓練が受けられる米国研修へと出してもらえる。

ヨルはこの仕事についていた先輩からの声かけで入社させてもらった。だが、入社の時から「由上君良というとんでもないルーキーがいる」という話を聞いていた。注目株が同期にいるなんていいなと先輩に言われたのを覚えている。

実際に訓練が始まって、すぐにその風聞は誇張でもなんでもないのだとわかった。由上は射撃でも銃の扱いでもダントツでトップの成績だったし、座学も他人より下の点数を取ったことがない。傭兵《ようへい》生活は初めてだと笑いながら、山中サバイバルでも不眠訓練でもあっけらかんとこなす。セスナを操縦しているからてっきりライセンスを持っているのかと思ったら、見よう見真似《まね》だと軽く言ってのけた。

——それに、オレが知ってるだけでもこいつは三か国語しゃべれるし。

研修生同士で、酒盛りをしたことがある。どれだけ飲んでもまるで水みたいな顔をして、早口でまくし立ててくるイタリア人と張り合って笑い転げていた。

逆に、しゃべれなくなったのはヨルのほうだ。

もともと口数の多いほうではなかったが、外国での研修ではさんざんだった。見た目のせいでぺらぺらだと思われがちだが、日本で育ったハーフのあるあるで、まったく英語ができない。

初めての海外で、相手の言葉を聞き取ろうと耳を澄ませるのが精いっぱいだった。自分から話すほどの余裕がない。だから日本語で話してくれる由上は、あの時一番一緒にいてラクだった。

由上が、そんな自分を気遣って一緒にいてくれたのも知っている。でも、それに甘えているわけにはいかないと思った。語学も技術も、研修中に習得できなければいけない。

一応、頑張ったと思う。けれど、由上との実力差は天地ほども開きがある。にもかかわらずバディを組まされたのは、ひとえに〝映《ば》え〟のせいだ。

今どき、警護を引き受ける民間会社は掃いて捨てるほどある。優秀な経歴はもちろんのこと、警護対象者を引き立てる見栄えのいいＳＰは、売りの一つだ。ふたりとも、顧客用のプロモーション動画では、俳優かと思うようなスーツを着せられて撮られた。こっぱずかしくて、あの動画だけは絶対に見返したくない。

由上と背中合わせに立たされて、拳銃を持ってカメラ目線という、すさまじい破壊力の映像を思い出してヨルは顔が赤らみ、うどんのつゆを飲むふりで誤魔化《ごまか》す。

「油揚げが好きって、狐《きつね》みたいだな」

顔を上げると、いつの間にか立ち話をしていた同僚たちはそれぞれ別な席に着いていた。

「ん？　狸《たぬき》だったか」

「……なんで、好きだって思うんだ」

由上が笑う。なぜか視線が伏せ気味で、普段見ない表情にどきりとする。

「お前、一番好きなものを最後に取っておくタイプだろ」

「……」

「俺なら、一番最初に食べるけどな」

「……それじゃ、味わえない」

空腹の時にがっついて、味もへったくれもなく腹に収まってしまうより、最後にゆっくり味わったほうが余韻が残る。自分の考え方はそうだったが、由上は違うらしい。

「あとで、と思って取っておいたら、食べられなくなるかもしれないじゃないか」

「だから、最初に味わうのか」

「そもそも、俺は好きなものしか食べない」

――じゃあ、最初も最後もないじゃないか。

由上は黙ってペンネ・アラビアータを食べている。

「……」

こいつは、なんて綺麗《きれい》な食べ方をするんだろう……。ヨルは黙ってそれを見ながら思った。

形のいい唇に、フォークでペンネを運ぶ。スーツから覗くシャツの袖のバランスと、そこから見える手首、骨太だがすんなりしている手首につけられた腕時計までのラインが、腕時計の広告かと思うくらい完璧だ。

咀嚼《そしゃく》すると頬がエレガントに動く。テレビの地上波で見たイタリア映画の何かみたいだった。

それきり由上は黙って昼食を平らげ、ヨルはずっとそれを見ていた。


些細《ささい》な口論があったとすれば、この時くらいしか思い出せない。

その日は非番で、ヨルは射撃訓練場にいた。

「なんだ、ここにいたのか」

「……」

急に背後で気配がして、ヨルはイヤーカバーを外して振り向いた。

「熱心だな」

貸してみろ、と言いながらライフルを取り上げ、由上は重心の様子を見ている。

「お前の肩は筋力の左右差が大きいから、カスタマイズしたほうがいい成績が出る」

「……どんな支給品でも、同じスペックを出さないといけないし」

紛争地にでも行く気か？　とスコープを覗きながら由上が笑った。

そうは言うが、笑いごとではないのだ。

この会社に入ってくるのは、傭兵経験者やクレー射撃のタイトル保持者、特殊部隊の幹部経験者など、プロ中のプロ、みたいな人が多い。けれど自分はそういう華々しい経歴を何一つ持っていない。

――ただ、先輩の口利きで入れてもらっただけだし。

九州《きゅうしゅう》から上京してきた時、手に職が何もなくて、夜間の道路工事現場で働いた。そこで警備会社のアルバイトを教えてもらい、夜勤先で先輩にたくさんの資格試験があることを教えてもらった。

アルバイトの警備をする人は、だいたい三種類に分けられる。何かの事情で、一時的に警備業で金を稼いでいる人か、その仕事しかできなくて諦めて続けている人、なんとしてもここから一歩ステップアップしたいと足掻《あが》いている人だ。たまたま先輩はジョブアップを目指す人だったので、ビル管理の資格から電気工事の資格までさまざまな勉強を教えてくれて、ヨルは駆け足で資格を取り続けた。

少しでも待遇がよくなるように、少しでも稼げるように。そうやって言われるままに頑張ったら、なぜか上司に目をかけてもらえるようになり、正社員になり、社内研修に出され、社外研修に出され、流されに流されて、今の会社に来てしまった。

――オレには、運しかないから……。

だから、他の人より遅れている分は、努力で補うしかない。そうでないと、不釣り合いなバディを、解消されてしまうかもしれない。

自分の不安はいつもここだ。自信を持って由上の横に並びたくて、でも追いつけなくて苦しい。

「俺はちょっと海外案件に出てくるから、いいライフルを土産《みやげ》にもらってきてやるよ」

「海外案件？」

「そう、まさに紛争地域」

——ひとりで？

その言葉が、喉元まで出かかって止まる。由上はライフルを返してくれた。

「お前、英語苦手だもんな。俺ひとりでできる仕事だから、気にするな」

どくん、と心臓が縮こまる。

こんな風に、〝お前なんかいなくても仕事はできるんだよ〟と示される日が来るのが、何よりも怖かった。一番当たってほしくない未来がきてしまったのだ。みるみる血が逆流して、ヨルは無意識に拳《こぶし》を握りしめた。

「いつオレが苦手だって言った！」

「ヨル？」

悪かったよ、と由上が笑ってなだめにかかるのも耐えられない。由上はこれから、単独で仕事を受ける身軽さを覚えてしまうだろう。

——捨てられるんだ。

絶望と不安が込み上げ、ヨルは肩に置かれた手を振り払って射撃場から出て行く。

——オレに止める権利なんかない。

自分から由上を切り離さないと、彼を詰《なじ》ってしまう。ヨルは思いつめて捨て台詞《ぜりふ》を叩きつけた。

「勝手にしろよ！」

「ヨル……」

由上はこの日の夜の便で出国し、そして二度と戻らなかった。

2．由上を捜して

『ヨル、№3ゲートだ』

「了解」

イヤーモニターから指示が聞こえる。ここでは誰も「山之口」なんて言いにくくて長い名前は言わない。けれどヨルと呼ばれるたびに、そう呼んだ由上の声をどこかで思い出している。

ヨルはアメリカ支社にいた。紛争地域へ民間軍人として出て行くスタッフのために、装備や日用品をパッケージして詰め込む、バックヤードの仕事をしている。

――紛争地域に行くだなんて、嘘《うそ》つきめ。

二年前、由上が最後に引き受けた仕事はこれだったはずだ。記録で確かめた。こんな後方支援の何が殉職するほど危険だったのか、ヨルはどうしても確かめずにはいられなかった。

――なんで、お前は死ななきゃいけなかったんだ？

死んだと聞かされたのは、由上が出国した一週間後だった。ある日突然オフィスで彼のＰＣが片付けられ、任務中に死んだと説明された。

あの時の、呆然とした気持ちは忘れられない。しばらく、由上の死を飲み込めなかった。

警護は危険度の高い仕事だから、任務中に死ぬことは確かにある。けれど由上は誰よりも優秀だったし、難易度の高い任務だとは聞いていなかった。

事故だろうか、流れ弾にでも当たったのか。詳しく聞きたかったけれど、クライアントの守秘義務を盾に、教えてはもらえなかった。

スタッフの死はマイナスの情報だ。警護能力が低いと見做されるので会社は隠したがる。スタッフたちもあれこれ詮索はしたけれど、会社側は遺族に充分な補償をしたとだけ公表し、あとは沈黙した。

そのうち誰も由上のことを口にしなくなった。そんな職場がヨルには辛《つら》かった。由上は確かにこのオフィスの一員だったのに、いつの間にかさらりと彼のいない日常が当たり前になっていく。

何よりも、いつも自分を気遣ってくれた彼と、諍《いさか》ったまま別れたのだ。

――由上……。

どうしてあんな言い方をしてしまったのだろう。あれが最後だとわかっていたら、あんな風に怒りをぶつけたりしなかった。

後悔で心がいっぱいだった。振り返ると悔やむことばかりで、女々しいと思われそうだがひとり暮らしの部屋に帰るとベッドの上で泣き続けた。

同じチームの同僚たちは、そんな自分をすごく心配してくれた。そして、たぶんこちらの気持ちを納得させるためにやってくれたのだと思う、由上の最後の任務について、あれこれ調べてくれた。

別な同僚は由上の経歴を探ってくれた。他の同僚も、由上を陥れるような陰謀はなかったか、故意に殺されたような可能性はなかったか、あらゆる角度からその死を検証しようとしてくれた。

頑張れたのは彼らの支えのおかげだ。ヨルは警護の仕事を続けながら、彼らと個人的に連絡を取り合い、根気よく由上の死の真相を探っていった。

その結果、わかったことがある。

不審な死は、由上だけではないのだ。少なくともこの会社のいくつかの支社で、不自然な死亡による退職者が十人いる。

——十人は、多いよな。

由上の死を解明するために動き始めたチームは、今やひっそりと本社を探る暗躍チームに変わっていた。本社が隠している何かを暴くことで、由上の無念の死を弔《とむら》えるような気持ちでいる。

ヨルも、表面上はひたすら会社に従順な姿勢を貫いた。調べ回っているのがバレたら、由上が死んだ最後の任務先に行けない。そうして誤魔化し誤魔化し、二年目にしてようやくこの場所へ辿《たど》り着いたのだ。

場所はテキサスのど田舎《いなか》だ。

——テキサス自体だって充分田舎だけどな。

メキシコとの国境沿いにある広大な施設で、専用の滑走路と倉庫がずらりと並び、武器も人も直接ここから各国の紛争地へ輸送される。

——由上は、何かやばいものを見つけたんだろうか。

見てはいけないものを見つけて消されたとか、そういうレベルでなければ、奴が死ぬなんてあり得ない。いやむしろ、始末されそうになっても相手を始末し返してしまうくらいタフな奴だ。そう簡単に殺されるはずがない。

「ヨルー！　遅いぞ！　こっちだ」

「あ、ああ」

大きな建屋の中では、カーゴヘリが口を開けてスロープを降ろしている。もうすぐ積み荷を積んだトラックが入ってきて、荷を移したらフライトだ。

この倉庫を担当しているビルという男が、笑いながらバンバンと背中を叩く。

「ヨル、終わったらランチを食おう。ちょっと遠いがいい店があるんだ、紹介したい」

「いいね。ありがとう」

由上と一緒に仕事に行けなかった原因は語学だ。ヨルは本当に死ぬほど後悔した。そして、何がなんでも克服してやると誓い、その誓願を果たした。

──漫画とかアニメも、あれから全部英語にしたからな。

もともとそういうものは弟妹の影響で見慣れていたから、語学教材として選んだ。日本のアニメや漫画は大人気だから、あっという間に翻訳版が出る。絵が助けてくれるから、くじけずに語学を齧るのにはうってつけなのだ。今では話すのにも聞くのにも不自由はない。

「その店はさ、タコスが絶品なんだ」

「ふーん」

「しかも安いときてる。おい、ジャック回り込みすぎだぞ！　入り口を壊す気か！」

巨大なシャッターの向こうから、トラックが入ってくる。コンテナを載せたトレーラーを連結している牽引《けんいん》トラックで、小さな運転席で陽気なおっちゃんが鼻歌混じりにハンドルを切り、連結しているコンテナが大きく尻を振る形で曲がった。

案の定、コンテナは建屋入り口の柱にぶつかり、バランスを崩した。

「ジャ――ック！」

ビルがハンドルを細かく切れとジェスチャーで伝えている。キーッという激しいブレーキ音と、コンテナが傾いて倒れ込んでいくところが、建屋の外からの逆光で特殊撮影みたいに見えた。

「突っ込んでくるぞ！」

「わあ！　逃げろ！」

他の作業員が叫んでいる。

横転するコンテナに引っ張られ、地面に対して斜めになっていくトラック。地面をギュルギュルと擦《こす》りながら回転し続ける前輪。スローモーションのように見える光景を目《ま》の当たりにしながら、ふとヨルはこの二年間を振り返った。

――え？　オレ、死ぬの？

死ぬ時は、人生が走馬灯のように脳裏を駆け巡ると何かの漫画で言っていなかっただろうか。

由上は、誰かに殺されたんじゃないかと考え続けた夜。

納得できない気持ちを、捜索に向けて来た日々。

「ヨル――――ッ！」

最後に聞こえたのはビルの声だった。

ランチを食べ損ねたまま、ヨルの人生は終わった。

3．ぽてぽて王子に生まれ変わって

「ああ起きたのね、可愛《かわい》いヨシュ」

目を開けたら青空が見えて、誰かが顔を覗き込んでいた。抱き上げられて、自分がゆりかごにいたのだとわかった。女型の巨人に抱っこされたみたいに、女の顔が大きい。

――違う、オレが小さくなったんだ。

「さあ、お父様のところに行きましょう」

「王妃様、王子殿下は私どもがお抱き申し上げますから」

――王子？

優しい指が頬をつつく。やわらかい声だ。

「いいのよ、私の大事なヨシュ。ちっとも重くなんかないわ」

聞きながら、ヨルはぼんやりと「すげーな」と思った。

――トラックに轢《ひ》かれるって、やっぱり異世界フラグなのか。

まさかとは思うが、これはラノベなんかでよく見る展開だ。

――に、しても赤ん坊かあ。

自分の手を空《くう》に突き出して、どのくらい動かせるのか試してみる。すると金髪の母親は楽しそうに微笑《ほほえ》んだ。

「なあに？　坊や。ママにお話？」

——いや、そういうわけじゃないけど。

それでも本当に嬉《うれ》しそうに〝ママに声を聞かせて〟と言われると、無理やりにでもしゃべらなければいけないような気がして、ヨルはあーとかうーとか一生懸命声を出してみた。

——うまくしゃべれないもんなんだな。

転生もので赤ちゃんから人生やり直すとかいうのは、ラノベでよく読んだ。ああいうのだと、だいたいすごいチートだったりするのだが、自分にもそういう特殊設定はもらえただろうか。

——……なさそうだな。

頼りない喃語《なんご》しか出せない。母親の言語は理解できているというわけではなく、やや雰囲気で意訳している。細かいニュアンスを理解していくには、これからうんざりするような年月がかかるだろう。けれど、母親だというこの女性の、やわらかく見つめる瞳は心地よい。

「なんてお話上手なんでしょう。坊やはかしこい子ね」

ただあーあー騒いでいるだけの赤ん坊を、どうしてこんなに嬉しそうに褒めてくれるんだろう。

——こういう人が〝母親〟でよかったな。

腕越しに見る世界はどこまでも広がる青空とやわらかく風がそよぐ草原で、どうやらピクニックか何かのようだ。少し先で、いかにも王侯貴族といった感じの服装をした男性が手を振っている。

――まあ、だいたい異世界っていえばこんな感じだよな。

きっと住まいは西洋風の城で、女性はみんなドレスを着ているんだろう。そう思って、父親とおぼしき男に抱き替えられた時、背後を見たら千葉《ちば》にあるあの施設そっくりな、キラキラのガラスの城が見えた。

――マジか……。

けれど、これが現実なら、もしかしたら由上も死んだのではなく転生したのではないだろうか。

ずっと、由上は誰かに殺されたんじゃないかと思っていた。でも、自分がトラックに轢かれて異世界にいるのなら、由上だって、雨の日に飛び出してきた猫か何かを救って、車に轢かれて転生していてもおかしくない。冗談みたいな話だが、自分が転生しているのだから可能性は充分ある。

――なら、もう一回会えるんじゃないか？


ヨルがどうにか話せるようになったのは、二歳にもなろうかという頃だった。

「ヨシュさまあ――。ヨシュ王子、どこにいらっしゃいますかあ」

侍従《じじゅう》のポルカが捜している。ヨシュという名前になったヨルは王宮の回廊を歩いていた。足が短いというのは、歩いても歩いてもたいして前に進まないので、本当に不便だ。まあ、自分のサイズだけでなく、この城がバカに広いせいでもあるが。

つるつるの白大理石の床には、濃い赤や紫、青や深緑で彩られた重々しく鮮やかな絨毯《じゅうたん》が敷かれている。天井まで美しい金の浮彫が施された柱、階段はお約束の赤い絨毯で保護されており、手すりは流線的な装飾で飾られている。

「ああ、いたいた。王子、お捜ししましたよ」

「……」

人の好《よ》さそうな、青い侍従服を着た青年がヨルを抱き上げてくれる。

「王妃様がお待ちです。さあ、まいりましょう」

「おりりゅ」

小さな手でぐっと侍従の肩を押すと、ポルカは困った顔をした。

「脱走しないでくださいますか？」

この城全体の把握とか、脱出計画の下見ばかりしているので、侍従にはだいぶ疑われている。

「うん」

「本当ですよ？　またこの間みたいに、勝手に階段を下りたり、外に出ようだなんて企《たくら》まないでくださいね？」

「うん、やくしょくしゅる」

——とりあえず今日はな。

神妙な顔をして頷くと、ポルカは安心したようにヨルを降ろした。そして手を引いて食堂まで連れて行ってくれる。ヨルは手を握られ、とてとてと歩いた。

「外は雪が降って寒うございますからね。春になるまで、お外はなしです」

「……」

回廊を歩きながら、ヨルは窓のほうを見た。初めて見た時の夏景色は面影もなく、枝にはこんもりと薄青い雪が乗っていて、外は白青銀の世界だ。

遠くの雲はゆるい黄色の陽光を受けて絹のように輝き、その端は桃色に染まっている。

この世界は、どうやら戦争も起きておらず、わりと平和らしい。自分は若き国王夫妻の待望の第一子で、わかっている限り、魔法も剣も使えない。窓と窓の間に飾られている鏡の横を通る時、自分の姿が映って、ヨルは一瞬足を止めた。

――ぽてぽてだな……。

髪や目の色は、転生前の自分にわりと似ていた。けれど、二歳児なのだから仕方がないが、頬は丸くて林檎《りんご》色、着せられた白地に金の「王子様服」は、短い手足を丁寧に覆っていて、歩きづらいことこのうえない。膨らんだ袖や裾も、襟や胸元を飾る金糸の刺繍《ししゅう》も、白タイツに半ズボン姿も、コスプレをしているようで気恥ずかしい。

そして何より自分を戸惑わせるのが、溺愛《できあい》してくる両親だ。

「まあヨシュったら、どこへ行っていたの」

食堂に着くと、王妃が駆け寄ってきて豪華なドレスを惜しげもなく床につけ、屈《かが》み込んで抱きしめてくる。

「心配したわ。もうひとりでお出かけしては駄目よ？」

若き君主も、隣で頷く。この〝父親〟も、かなり善良で子煩悩だ。

「そうだぞ、冬は冬眠をしない悪い魔物がうろついている。外に出るのは危険なのだぞ」

「ごめんなしゃい」

「いい子ね。さあ、お食事にしましょう。お腹《なか》が空いたでしょう？」

侍従に抱き上げられ、子ども用にうんと座面を高くした椅子に座らせてもらう。目の前の皿は大人と同じもので、カトラリーの大きさも、自分の手には負えない。どうするかというと、隣に乳母が座ってひと匙《さじ》ずつ口に運んでくれるのだ。

小さなスプーンを用意してくれればいいのに、と思う。これではいつまで経《た》っても自分で上手に手を使えるようにならない。

「さあ王子、お口をあーんして」

――まいったな。

未《いま》だにこの感覚に慣れない。けれど、たかがスープを飲み込むだけで、毎度毎度大げさに褒める母親を見ていると、反抗はできない。

「おいしい？　ヨシュはいい子ね、なんでも偏食せずよく食べて」

「ええ王妃様、とってもいい子ですわ」

――飯を食っただけでいい子認定って、すごいよな。

子どもの頃の食事に関する記憶は、弟や妹に食べさせるので忙しかったことしか残っていない。

きょうだいは全部で六人だった。ヨルを筆頭に、妹と双子の弟たち、さらにその下に男女の双子がいた。育児は祖母が一手に引き受けていたけれど、双子×２はもうどうやっても手に負えない。ヨルも一緒になってペースト状の離乳食を皿に盛り、小さなスプーンでひっきりなしに口を開ける弟妹たちに食べさせる毎日だった。

〝おいしいか〟と祖母の真似をして語りかけることはあったけれど、食べたからといって褒めた記憶はない。それどころか、誰かが食べ終わる前に他の誰かが手摑みで大人用の皿に手を伸ばしたりするので、危なくて叱《しか》ってばかりいた気がする。食事も風呂も着替えも、二歳くらいまでなんて毎日が戦争で、新しい弟妹が生まれるたびに、祖母とふたりで天を仰いだものだ。

——あの人は、勝手にばかすか産むから。

ヨルの母親は、子どもを産んでは祖母に押しつける人だった。ある程度の年齢になって、ヨルは祖母の負担が大きすぎることに憤り、母親にお前は産み捨てるだけの女だと罵《ののし》ったが、祖母はそれを諫《いさ》めた。

《あの子は、自分で自分を傷つけてるんだよ》

祖母の言葉は、まるで意味がわからなかった。好きで妊娠して、好き勝手に産んで、育てもしない彼女のどこに同情の余地があるのだと反論したけれど、後々、彼女が死んで経緯を知り、諫めたのは母親のためではなくヨルのためだったのだと理解した。

母親は、ヨルの父親に騙《だま》されて捨てられた。田舎のおぼこい娘が、外国の王子様みたいなイケメンに惚《ほ》れ、身重になったとたんに逃げられたのだ。気づいた時は堕ろせるような週数ではなく、母親は周囲の冷ややかな視線に耐えながら産み落とした。

彼女がおかしくなったのは、そこからだという。

〝山之口さんのところの娘はふしだら〟という評判に〝ならばお望み通りあばずれてやる〟と、意固地になった。

水商売で養育費を稼ぎながら、無節操に客と寝ては子どもを産んで、落ちるならとことん落ちてやるとくだを巻いていたらしい。けれど祖母によれば、そうやって次々誰かの子を産んで、最初の男の記憶を薄めようとしていたのだそうだ。

時々金を渡しにくる母親は、小さな弟妹たちの頭を撫《な》で、「大きくなったわねえ」と声をかける。けれど、ヨルには決して目を向けようとしなかった。

《でも、きっと本当に産むのを楽しみにしていたのは、お前だったよ》

初恋だったから、何よりも大切な相手の子だったから、裏切って去られたことが許せず、その思い出と面影を背負ったヨルを見るのが辛かったのだろうと祖母は教えてくれた。

本当かどうかは、本人が死んでしまったのでわからない。今さら、恨むつもりもない。けれど、子どもの頃はさすがに自分だけが可愛がってもらえないことに傷ついたし、両親が揃《そろ》った理想的な家庭を羨んだこともある。

そういう意味で、今の環境はまさに理想そのものなのだ。

——両親が揃ってて、なんだかすごく大事にされて……。

しゃべったと言えば喜ばれ、歩いたと言えば祝われ、寝ても覚めても可愛い、可愛いと褒めそやされて、確かに、やたらに居心地がいい。

——でも……。

ふと気がつくと、いつも由上が誰かに転生していないか捜している。

――苦労してないかな。

自分はけっこういい役どころに収まってしまったけれど、転生ものは何に生まれ変わるかわからない。悪役令息ルートだったら、さすがの由上だって絶体絶命だろう。

――でも、悪役も似合うよな。

つい想像してほくそ笑んだら、母親が嬉しそうに話しかけてくる。

「なあに坊や？　お気に召したメニューだったのかしら？」

「おお。では料理頭《がしら》に褒美を取らせよう」

「はい、かしこまりました陛下」

やさしい母親と父親……ただこのふたりの子どもとして満足して暮らせたら、異世界の暮らしはどんなに楽しいだろう。

――でも、オレは由上に会いたい……。

ひだまりみたいな幸福に心から感謝するけれど、欲しいのはなぜか、心中をモヤモヤさせてばかりいた、由上との日々だ。

その夜ヨルは念入りに準備をし、人々が寝静まるのを待って一階のリビングの窓から城の外に出た。

二年かけて、この城にいる人間に片っ端から〝由上〟と呼びかけ、この中に由上はいないと確認した。本人に記憶がなかったら手の打ちようがないが、少なくとも自分の感覚ではいないと思う。地図も食料も、若干の備品も用意した。本当は雪解けまで待ったほうがいいとわかっているけれど、もう待ちたくなかった。

──オレは由上を捜す。

どうせ一回死んでいる身だ。この人生はおまけみたいなもので、今さら命を惜しんだところで、異世界での安息の日々を味わうだけのことだ。

──そんなものはいらないんだ。

たとえ長生きしても、きっと嬉しくはない。それより、短くてもいいからちゃんと由上を捜したい。

──捜して、それでどうするのかはわからないけれど……。

月明かりで、雪が銀色に光っている。小さな手でぎいっとガラス扉を押すと、粉雪を巻き上げた夜風がちんちくりんの鼻に吹きつけてくる。

「しゃむい……」

でも、決行するなら夜しかない。ヨルは小さな革靴で窓の桟《さん》をよいしょと跨《また》ぎ、城の外へと歩き出した。

4．勇者由上《ヨシガミ》

由上は野営をしていた。

予定ではこの冬中にいくつかの山を越え、春まで南下し続ける。そうするとイタリアに出るはずなのだ。

姿形はこの世界に来る前と変わらない。剣を扱うので闘うのに向いた格好をしている。襟の詰まった黒いシャツに同色の細身のズボン。ゲートルを巻いた上に長い革靴とマント、移動は馬で、簡易テントの前には焚火《たきび》を焚《た》いている。

——マントって、かっこつけのためにあるわけじゃなかったんだな。

ないと寒くてやってられない。ただ、天然の毛皮を内側に貼った靴は、高機能防水性の現代の靴より暖かくて、獣の毛には適《かな》わないんだなと感心している。

「……ふう」

石を椅子代わりに、焚火に当たりながらぼんやりと冬の夜空を見上げる。星は頼りなくいくつか揺らめいて見えるだけだ。

——この見え方だと、やっぱり緯度的にはヨーロッパだよな。

地形は綺麗に現実の欧州だ。最初の頃は、もしかすると本当にヨーロッパのど田舎に飛ばされただけかと思っていたのだが、どんなに探しても電線は見当たらないし、生活様式はせいぜい十五～六世紀程度のところで止まっているので、やはり現実の世界ではない。

——魔物とかも出るしな。

あまり認めたくないが、いわゆる異世界なのかもしれない。そういう架空世界のお約束で、旅をしていると勇者とか狩人とかに出会う。彼らに狩りの仕方も教わった。おかげで金にも武器にも、今のところ困ってはいない。

「？」

耳を澄ませると、雪面を滑り下りる、ざーっという音がする。

――こんな夜中に？

思わず立ち上がって剣の柄《つか》に手をやった。音は近づいてきている。火を消そうか迷ったが、なんでもない場合、もう一度点火させるのは面倒だ。由上はそっと焚火を離れて木立ちに入り、姿を隠しながら音のするほうへと近づいた。

軽い音だ。斜面を下っているなら、その上にあるノイシュバンシュタイン城から来ていると見るべきだろう。

ただしこの城も、形は似ているがたぶん別ものだ。まるで縮尺を間違えたかのように巨大で、壁の白さはどこかガラスでできているような半透明な輝きを放っている。夜空をバックにそびえ建つ様子は、魔法の城のようなのだ。

由上は木立ちから滑走してくる白い小さな橇《そり》を見つけた。子ども用で、流線型に反り返った先端に美しい金泥《きんでい》の模様が施されている。

――なんだ？　あのチビ。

幼児が決死の形相をして立ち、手綱《たづな》をコントロールしていた。

――いや、どう見たって無理だろ。

傾斜がつきすぎているし、身体が軽いせいで橇はほとんど沈まず、雪面の上をかなりのスピードで滑っている。わずかな凹凸が命取りだ。橇ごと浮き上がってひっくり返ったら、あんな幼児では大事故になってしまう。

止めようか……と考えるが、あまり急に止めても幼児の身体に衝撃が加わってしまう。逡《しゅん》巡《じゅん》しながら見守っていると、幼児は懸命に自分の体重を左右に傾けてバランスを取っているのがわかった。

──なんだか、すごいな。

雪国育ちの子は、どこでもこのくらいできるのだろうか。それともこの子が特殊なんだろうか。

──夜中に幼児がひとりで橇に乗ってる時点で、普通じゃないけどな。

そのままうまく平地まで滑り込んでくれるかと思っていた時だ、小さな橇がモーグル競技のような窪《くぼ》みに引っ掛かり、大きく放り上げられた。

「！」

橇に乗った子どもが声もなく空中で回転する。由上は咄嗟《とっさ》に飛び出して子どもの身体を受け止めた。高級そうな橇は、どさりと雪に半分埋もれた。

「おい、大丈夫か」

むちむちの頰をした幼児は気を失っているようだ。けれど、呼吸はある。由上は城に向かう長い斜面を見上げた。

「……」

届けに行くべきだろうか。だが、もしこの子が命懸けで脱出してきたのだとしたら、自分の親切がこの子の努力を無駄にしてしまう。

「……なんでも、悪いほうに考えるのもどうかと思うが」

こんな幼い子に、自力で脱出せねばならないほどの事情があるわけがない。そう自嘲しながらも、自分が命懸けで脱出した時は五歳だったと思い出す。

——目が覚めて、本人に聞いてからでも遅くはない。

事情を聞いて、必要なら送り返してやればいい。由上はそう思って、白地に金の刺繡が施された、小さな貴公子みたいな服を着た子どもを抱いて焚火のほうへ戻った。


焚火はパチパチと小気味よい音を立てて、時々火の粉を舞い上げる。幸い風のない夜で、脂のたっぷり乗った松の枝が潤沢に手に入ったので、炎も大きくて暖かい。由上は外した馬の鞍《くら》にマントを折り畳んで載せ、焚火の前に置いて子どもを寝かせた。

炎と自分で子どもを挟むように、椅子代わりの石に座って寝顔を眺める。

栄養状態のよいぷっくりした頰やえくぼのできた手。上質な衣装。白銀の髪や長い睫毛《まつげ》は、どことなくヨルを思い出させた。

——元気にやってるかな。

まだ自分のことを、時々思い出したりしてくれているだろうか。

ヨルにちょっかいを出してからかうのが楽しかった。ヨルは本気で嫌がっていたけれど、あの不愛想な顔が赤らんだり照れたりしているのを見たくて、ついやってしまう。

——もう、別な奴と組んでるだろうな。

残念だ……と小さく呟《つぶや》いた時、目の前の子どもが寝返りを打った。火のほうに転げないように手を伸ばして胴を支えると、目を覚まし、ぷくっとした手で目を擦る。

「う……ん」

「気がついたか」

小さな瞳が見開かれる。目を開けると余計ヨルに似ていた。子どもは自分で半身を起こし、びっくりした顔のまま固まっている。由上は敵意がないことを示すために笑みを作った。

「お前は橇で駆け下りてきたんだ。覚えてるか？」

子どもはこちらを見たきり答えない。

服装からして、あの城の王族の子か何かじゃないかと思うが、出自が高いなら、それはそれでお家騒動とか何かがあるのかもしれない。

「なんでこんな夜中にひとりで出てきたのかは知らないが、送り届けたほうがいいのか、このまま見逃したほうがいいのか、それだけは教えてくれ」

だが、子どもは答えないまま鞍から下りて、目に涙を盛り上がらせていた。

「……？」

「よ……よちがみっ………」

——え……。

幼い声音《こわね》になったけれど、それはヨルの声だった。

あの、ぶっきらぼうで愛想がなくて、でも、いつでも目で追ってくる可愛い相棒の声だ。

「ヨル……なのか……？」

返事の代わりに、小さな手がぎゅっと腕を握った。ヨルの俯いた頬から、ぽたぽたと涙が雪面に落ちる。由上は中型犬並になったヨルの身体を抱き上げ、ぽんぽんと背中を撫でた。

「なんだお前、ずいぶん縮んだな」

――お前も、この世界にいてくれたのか。

「おりぇ……よちがみをっ……捜《しゃが》しにいくちゅもりで……っ……」

「バカだな、こんなちびっこのくせに……」

しがみついて泣くヨルが愛《いと》おしい。由上は、しばらくそうしてヨルを抱いていた。

5. 従者由上と王子ヨル

由上を捜しに出たら、由上を見つけてしまった。

外に出たら一発で遭遇するとか、出来すぎだろうと思うけれど、この際その辺は全部どうでもいい。

「口をお開けください殿下」

「……じぶんで食べれりゅ」

由上は襟の詰まった黒地の騎士スタイルで、銀色の肩当てと腕当て、膝丈のブーツに帯剣というい で立ちだが、ちょっとした貴族の青年のように見目麗しい。

だだっ広い食堂で、由上は恭しく銀の匙を口元に寄せてくる。だがこのバカ丁寧な態度の45％くらいは、楽しんでわざとやっているのだ。ヨルは口を尖《とが》らせて膨れ、子ども用の小さなスプーンを用意しろと命じてみた。

由上は、まるで優秀な執事のように傅《かしず》いて言い聞かせてくる。

「無理でございますよ殿下。この世界は十五世紀設定です〝子ども〟という概念はございません。ルソーの誕生までお待ちください」

ルソーは十八世紀の哲学者だ。ルソーが提唱するまで、子どもは〝姿の小さな大人〟と考えられており、服も子ども用ではなく大人サイズを小さくしただけなのだ。

どうりで動きにくいはず……と納得していたら、口を開けろと促された。

「いい。じぶんでやりゅ！」

由上から重たいスプーンを奪い、一生懸命柄《え》を握った。由上は澄ました顔をしているが笑っている。

「どうぞ、ご随意に」

――こいつ……。

再会した時、思わず我を忘れて泣いたことを、死ぬほど後悔している。

――しかも、抱きついちゃったし……。

習い性というのは恐ろしいものだ。この二年間の赤ちゃん生活で、ヨルはうっかり大人に手を伸ばすことに抵抗がなくなっていた。再会できた感情のままに由上に抱きつき、しかも由上の大きな手が背中を撫でてくれるのが気持ちよくて、そのまま眠ってしまうという大醜態を演じたのだ。

気がついたらすっかり朝で、ヨルは由上の片腕に抱かれ、城に戻っていた。

出奔《しゅっぽん》した息子を連れ戻してくれた騎士と名乗る男に、両親は大喜びだった。しかもどう説明したのか、由上はちゃっかりヨルの護衛役としてこの城に就職している。

――ま、まあ、それはいいんだけど。

由上を捜していたのだ。会えたのは嬉しいし、一緒にいられるなら、この先色々と話もできるだろう。でも、この〝いかにも二歳児〟という状況を見られるのは、ちょっと恥ずかしい。

ふるふるとスプーンを揺らしながらスープを掬《すく》い、一生懸命口元に運んで飲む。味は自分の好きなきのこポタージュでいくらでも入るのだが、何しろスプーンがでかすぎて柄を鷲《わし》掴みにしかできない。匙を運んでも下唇からだらだら顎の下までポタージュが垂れてしまい、結局、由上に真っ白なナプキンで口元を拭われてしまう。

「口元がスープだらけですよ、殿下」

――うう……。

あの端正な顔が、面白そうに含みを持たせて顔面に近づいてくる。そして低く囁《ささや》かれた。

「素直に〝食べさせろ〟って言えよ、ヨル」

「……う……うるしゃい」

「手が疲れるだろ？」

「……」

「ヨル？」

「まあ、すっかり懐いているのね坊や」

「これは、妃殿下」

由上がかしこまって礼をする。王妃は我が子の食が進んでいることが、何よりも嬉しいらしい。

「食べさせるのがお上手ね。ヨルと呼んでいるのは、何か意味があるのかしら？」

——あ、やべ。

聞かれていたのかとヨルは焦ったが、由上はしれっと返す。

「昨夜、月明かりの中で、雪の精霊が王子殿下をそう祝福されておりましたので」

「まあ、精霊から愛称をいただいたのね。素敵！　ではこれからはその名で呼びましょう」

さすが由上だ。口からの出まかせがなめらかすぎる。王妃はすっかり信じて、綺麗な珊瑚《さんご》色の唇で頬に口づけしてきた。

「可愛いヨル。たくさんの精霊に守られて、立派な王子に育ちますように」

残さず食べるのよ、と言われ、ヨルは素直に頷いた。様子を見に来ただけの王妃は去っていき、またふたりきりになる。

「さ、残さず食べようか〝殿下〟」

スプーンを口元まで持ってこられ、ヨルは仕方なく観念した。

「はい。あーん」

「……」

由上は実に的確な量を、食べやすい角度で口に入れてくれる。

「まあそう焦るなよ。お前は俺より二年遅れてこの世界に来たんだろ？」

あれこれ聞かれ、あとを追ってきた経緯は説明してある。

「なら、二年分俺のほうが成長してるのは当たり前だ」

ナプキンで口を綺麗に拭いてくれるが、なんとも言えない気分で、ヨルは顔をしかめてしまう。

食事が終わると脇に両手を差し込まれて抱き上げられた。片腕に抱っこされると、ちょうど由上の首に腕を回す位置になる。

「大丈夫だ。剣も学習も俺が面倒みてやる」

歩きながら、だからかしこまるなよとおかしな釘《くぎ》を刺してきた。小首を傾げると由上が笑う。

「お前、アメリカ研修から帰ったら、急によそよそしくなっただろ」

その前は遠慮なく懐いてたのにと言われて、ヨルは口ごもる。

「だって……」

研修後にペアを組まされた。けれど実力に差がある以上、上下関係になるのは当然だと思ったのだ。

由上が片腕で抱いて運びながら、昔を思い出すように目を眇めて微笑む。

「俺たちは同期で、バディだ、そうだろ？」

「……でも、あれは会社都合《ちゅごう》のペアだし」

会社が見栄えを重視して組ませた、いわば客寄せパンダとしてのバディだ。実力で組まされたわけではない。そう思っていたら、由上は意外な告白をした。

「会社は関係ない。俺がお前を指名したんだ」

――え……。

「痛《い》て、お前、髪引っ張るなよ」

「あ、ご、ごめ……」

――……ウソ、だろ？

由上の言葉が幻聴みたいに思える。目を丸くして見つめていたら、由上は〝なんだよ〟と苦笑した。

「信じてない顔だな」

――だって……。

「やっぱりあの態度はそれが理由だったのか」

こくんと頷くと、由上はなるほどなとため息をついた。

回廊は片側が窓になっていて、冬の終わりの陽射《ひざ》しが差し込んでいる。これから、ゆっくりだが春の芽吹きが始まるのだ。片腕に子どもを抱いた影は、反対側の壁に伸びている。

「おりぇ……研修《けんちゅう》の成績《しぇいしぇき》もわるかったし」

「お前は感覚が鋭いし、天性の〝勘〟を持ちあわせている。知識や身のこなしは訓練次第であとからいくらでも伸びるが、素材が悪ければ伸びるのにも限界があるからな。俺はポテンシャルの高さで選んだんだ」

――由上が、オレを……。

想像もしていなかった。絶対釣り合っていないと思って、ずっと劣等感に苛《さいな》まれていたのに。

「まあ、好みで選んだ部分もあるけどな」

「……っ」

ちらりと向けられた眼鏡越しの視線にどきっとして、ヨルは林檎のような頬を余計赤らめた。

――な、なんだよ。

ぎゅっと由上の肩口のシャツを握る。どう言っていいかわからなくて、ヨルはやはり黙った。


――オレは由上が選んでくれた相棒だった……。

子ども部屋の積み木に囲まれて、お座りで遊んでいるふりをしながら、ヨルはじわじわと来た喜びを噛《か》みしめて、何度もにまにま笑った。

「くーっ」

「まあ殿下ったら、今日はごきげんですねえ。はい、お屋根はこれですよ」

乳母につき添われてやるつまらない積み木遊びも、今日は楽しくて仕方がない。何度も由上の言葉が脳裏に甦《よみがえ》って、テンションのままに立ち上がって積み木を載せていた。

《俺はポテンシャルの高さで選んだんだ》

――由上は、オレを認めてくれてた。

いつも頭ごなしに命令されていたから、〝コイツ使えねえな〟と思いながら渋々引き取ってくれていたのだと思っていた。長年の不安が解消されて、気分は雲の上まで昇れそうなほど晴れやかだ。

「まあ殿下、立派なお城になってしまいましたね」

——あ……。

乳母が次々渡してくるから、うっかり勢いで積んでいたら、なんだか巨大な城が構築されてしまった。ここは民間の家と違って、王子専用のおもちゃが小山のようにあるのだ。見上げると、乳母が積み木を手に微笑む。

「殿下にはまだお背が届きませんからね、ばばめが積みますよ。さあ、このお屋根はどこへ置きましょう？」

——そうだ。オレはまだ一メートル未満児なんだ。

巨大な城の積み木も、乳母の腰丈程度だ。急に現実感が戻ってくる。

由上に認めてもらった腕前も、〝元の身長なら〟という話だ。スプーン一本すらちゃんと持てない状態で、銃器類なんか扱えない。

——どのくらいで大きくなるんだろう。

由上も赤ちゃんから人生をやり直したんだろうか。だとしたら四年で二十年以上を駆け抜けるのだ。一年で五歳くらいずつ大きくなってもいいはず。

——オレは、すごく普通に二年かけて二歳になったと思う。

こんな気長な成長では、自分が無事に成人する頃、由上はじいさんになってしまう。

「しょんな……」

「殿下？」

ヨルは焦りを覚えた。せっかく由上に会えたのに、これではバディに戻れない。

——由上が認めてくれてたのに……。

《好みで選んだ部分もあるけどな》

ふいに、最後に言われた言葉がパンチのように頬に飛んできて、ヨルはふるふると頭を振る。

——いやそれは今関係ないし。

やけに耳に残るけれど、この際、それは置いておこうと思う。

6．由上、大いに惑う

「よちがみ……字をおちえてくれっ」

由上はぷっとふき出すのをこらえた。

「お、おう……」

大きな絵本を小脇に、というより絵本の角を絨毯に引きずるような格好で、ヨルが来た。本人はキリッと言っているつもりなのだろうが、どう見ても威勢のいい保育園児にしか見えない。

「てきちゅとはこれちかないんだ」

ヨルはよいしょ、と小さくかけ声をかけながら子ども部屋の絨毯に絵本を広げる。本人はいたって真剣だ。

「だっしゅちゅようの地図《ちじゅ》は手にいれたんだけど。でもおりぇ、文章《ぶんちょう》はよめなくて……」

勉強用の本が欲しいと乳母にねだったら、挿絵が描いてあるこれを渡されたらしい。

「こんなあかちゃんようなんか、やなんだけど……ちょうがない」

——いやお前見た感じ、もろ赤ちゃんだろ。

でも、笑ったらヨルは傷つくだろう。由上はわかったと答えて、ページをめくろうとしているまるっとした背中を引き寄せ、絵本の前に胡坐《あぐら》をかいてヨルをその間に置いた。

「っつ、なにしゅるんだ！」

「何って、お前が絵本を読めって言ったんだろ」

「べんきょうをおちえてもらうんだから、ちゅくえでやる！」

ジタバタしながら、部屋の隅に設《しつら》えてある机を指さす。

「バカ。あの椅子なら、お前は立たないと机に顔が届かないだろ」

「……」

気の早い父親が、まるで小学生用の学習机みたいなものを部屋に用意したのだ。食堂にある赤ちゃん椅子と違って座面を上げていないから、高さがまるで合わない。

由上は、口を尖らせて不満を示しているヨルの頬を指で突いた。ぷにぷにしていてやたらに可愛い。

「乳母さんが見に来た時に不審を買わないためにも、〝幼児読み聞かせ〟スタイルを取るべきだと俺は思うが？」

「……ぅぅ」

「ほら……」

胡坐の中にすっぽり収まったヨルを、寄りかかれるように少し腹のほうへ引き寄せてやる。ヨルは何か言いたそうだったけれど、無視して読み始めた。

「これはドイツ語だからややスペルに馴染《なじ》みがないだろうが、英語の親戚みたいなもんだから、慣れればすぐ読めるようになる」

「どいちゅごだったのか……えいどく辞書《じちょ》はないのか」

「あったって十五世紀のイギリス英語だぞ。お前、シェイクスピアより前の本なんて、読んだことあるのか？」

「…………ない」

でも、よちがみは読めているのに……とヨルは膝のあたりでブツブツ言っている。コイツの舌の回らないしゃべり方は、意外と自分のツボにハマる。

小さな頭をくしゃくしゃと撫でて言い聞かせた。幼児はあまり好きではないのだが、ヨルだと思うとこのコンパクトさが本当に可愛い。

「俺はもともとヨーロッパ圏で育ってるからな。語学に関してはネイティブだ。だいたい三か国語以上学ぶと規則性が出てくるから習得も楽だし、たとえ古典でもわりと読める」

「……しょういうものなのか」

「大丈夫だ。ヒアリングはできてるだろ？　すぐ読めるようになる。音読するから、一回通しで聞いてみろよ。話の内容は簡単だ」

「ん……」

活版印刷で刷られたそれは、たぶん最新の高級品だ。あちらこちらの地方から拾い聞きしてきた寓《ぐう》話《わ》が書かれている。ヨルは一生懸命聞いていたけれど、二回繰り返す頃には頭が揺れ始めた。

どんなに頑張っても身体は乳幼児だ。まだたくさんの睡眠を必要とするのだろう。腿《もも》に触れている小さな手が熱くて、たぶん眠くて仕方がないのだと思う。由上は声音を少しずつ低く小さくして、ヨルが眠りに引き込まれるのを見守った。

絵本に顔を突っ込みそうになるのを手で支え、腿のほうに誘導する。ちびヨルは胡坐をかいた腿に頭をもたせかけるように眠ってくれた。

――ヨル……。

すうすう眠る寝息が、静かな子ども部屋に吸い込まれていく。

日当たりのいい部屋には窓からの陽射しが降り注ぎ、小さな塵《ちり》がきらきらと輝いていた。由上はしばらくヨルの寝顔を見つめていた。

「再会できるとは思わなかったな」

自分は、てっきり一回死んだのだと思った。前世の記憶を持ったまま生まれ変わったのだとはわかったけれど、過去の世界にタイムスリップしたとでも考えたほうが辻褄《つじつま》が合う。けれど、ヨルはすぐ異世界案件だと思ったようだ。

トラックに轢かれたら異世界転生フラグとか、ヨルのたわ言を鵜呑《うの》みにするわけではない。だが、ひとりだけ記憶を持って生まれ変わったならともかく、ヨルまでこの世界にいるのなら、一般的に考えられている輪廻《りんね》転生ではない。

――……タイムスリップ説もないな。

ＳＦ的にはあると言い張られているが、サイズ感のおかしい城といい、魔物出没といい、単純な過去とも思えない。さらに知り合いがふたり揃うなら、もっと現実的な路線を考えたい。

――だが、結論を出すにはもう少し決定的な証拠が必要だ。

南下する旅を計画したのは、自分の仮説が合っているかを確かめるためだった。ここでヨルという強力な仲間を得たことは貴重だ。

「この世界に来てくれたのがお前で、よかったよ」

単純に会いたかったのもあるし、誰かと一緒に行動するなら、ヨルがいいと思っている。

研修が終わって、ヨルをバディに選んだのは本当だ。もちろん、本来は会社の辞令で出るものなので、ヨルと組むように会社側に仕向けたというのが正しい。

――友好的な理由じゃなかったけどな。

警護の仕事をするなら、チームを組んだりペアになったりすることが多いだろう。だから、最初から組めそうな相手の素性は徹底して調べた。

面倒な利害関係を持っている者はいないか。やたらバディの過去を詮索するような奴ではないか。金で買収されて裏切るような男ではないか。

用心深く、保身のために安全な相手を選んだのだ。ヨルは軍経験もなく、どこかの国のエージェントが水面下に接触するような経歴もない。ごく普通の、田舎育ちの貧乏人が上京してきたという経歴だ。

だが、それにしてはずば抜けた素質がある。野生動物のような身のこなしも、危機に瀕《ひん》した際の勘のよさも、なかなか手に入る能力ではない。

不思議に思ってヨルの父親の経歴を洗ってみたら、ヨルの生物学上の父親は、ロシアの腕利きスナイパーだった。日本は身元の照合がゆるいので、潜伏するのにはうってつけのスパイ天国だ。一般人を装って滞在していた時期に、ヨルの母親と知り合ったらしい。

大事に思えばこそ、自分の職業は言えなかったのではないかと思う。男は一時帰国し、足を洗おうとして消されてしまった。母親のほうは、もちろんそんな結末は知らない。

ヨルも、父親の職業は知らないだろう。けれどその素質はちゃんと受け継いでいる。だから由上も、ヨルは訓練次第でまだまだ伸びると思っていた。

そういう基準でバディを組んだ。裏切りを心配せずにいられる、従順で足を引っ張らない程度の素質がある相手……。

——我ながら、打算的だな。

別にひどいことをしたとは思っていない。でも再会した今では、自分が選んだ基準についてあまりヨルに話したくなかった。

《よちがみっ………》

寒さで頬を真っ赤にしながら、鼻水を垂らしたちびヨルが叫んだ。あの、不愛想でなかなか懐かない野良猫みたいだったヨルが、自分を捜し回ってくれていたのだ。

——二年も……。

「そんなに、捜してくれなくてもよかったんだぞ」

この世界は嫌いじゃない。ここで生きていくのも悪くないと思っていた。ましてこんな風にヨルのそばにいられるなら、もっと長くここで暮らしてもいいとさえ思っている。

——けど、お前はそうじゃないかもしれないしな。

彼のために、この世界の秘密はちゃんと調べようと由上は思った。

由上はヨルの護衛として城で暮らした。だが護衛といっても城の中だし、今のところただの子守りになっている。

今日も、とてとてと部屋を走り回るヨルを眺めながらカウチソファで本を読む。だが、ヨルの足音があまりに長く続くので、本人に尋ねた。

「何やってるんだ？」

「……からだをきたえてりゅんだ」

——ランニングだったのか。

すると、その前にやっていたのはスクワットだ。

「まだ、早いんじゃないか」

「しょんなことはない」

成長期の身体に無理をかけるのは逆効果だ。説明してみたが、ヨルはちらりとこちらを見ただけで、〝筋トレ〟をやめない。由上はため息をついて部屋を出た。とりあえず、本物の幼児ではないから、目を離しても危険はないだろう。

厨房《ちゅうぼう》に行って飲み物をもらい、カップを手に部屋に戻る。冬だというのにうっすら額に汗をかいたヨルの隣にしゃがみ込んだ。

「トレーニングだっていうなら、休憩もちゃんと取れよ」

「いい」

「ホントにいいのか？　お前の大好きなやつだぞ？」

「え？」

ヨルの鼻先に、ホットチョコレート入りのカップをちらつかせる。匂いに釣られて伸ばしてきた小さな手を遮り、マグスプーンで掬った。

「あーん、は？」

「……ぅぅ」

――ほら、この顔。

赤らめながらしかめた顔が可愛い。でもコイツは甘党だから、きっと誘惑には勝てないだろう。これみよがしに口元にスプーンを近づけたら、口を尖らせ、ふーふーと冷まして自分から飲む。

そしてひと口飲んだら、ヨルは目を丸くして叫んだ。

「うをを！　ほんとのちょこれーとだ!!!」

沁《し》み渡る、とでもいうように、胸に手を当てて目を瞑っている。なんだか感動しているらしい。

「しゅげー。にねんぶりにあじわった……ちょこ、あったんだ」

「お前、チ●ルチョコ好きだもんな」

「たべたかったけど、しょんなもんないとおもっちぇた」

「……」

そうなのだ。本当に十五世紀設定なら、この時代に甘いチョコレートはない。

——そのあたりの設定が、すごく雑なんだよな。

だから、ヨルが異世界設定だと思ったのもなんとなく頷ける話ではある。ティーン向けのエンタメでよく見る、どことなく中世ヨーロッパを思わせる異世界で、お約束のように馬車や貴族が出てくるやつだ。けれど、ところどころ都合よく生活しやすい現代技術が入り込んでいる。

——なにせ、この服には「ファスナー」が付いてるからな。

たとえマルチバース宇宙みたいな世界で、自分たちと同じような生活条件の星があって、そこで似た感じに文明が発達したとしても、ボタンやリボンと並行してファスナーが普及する十五世紀なんて都合のいい技術発達があるとは思えない。

——だが、もしこれが人工的な世界だとして……。

考え込んでいると、ヨルがマグカップに手をかけて傾け、自力で飲もうとしていた。

「危ないだろ、やめろ」

「らいじょうぶ……うわっぷ」

「ほらみろ。無理じゃないか」

鼻までホットチョコレートを被って、ヨルがむせた。由上は慌ててヨルからカップを取り上げ、顔を拭いてやる。こういうところは本当の幼児みたいだ。

「火傷《やけど》してないか？」

「うん。んまい……」

こちらの心配をよそに、ヨルは指の間のチョコレートをぺろぺろ舐《な》めている。由上はくすりと笑った。

「今度は固形のやつをもらってきてやるよ」


その夜のことだった。由上は自分にあてがわれた部屋でふいに目を覚ました。

ヨルは〝王子〟なので、専用の子ども部屋で乳母につき添われて寝ている。けれど、なんとなく気になって寝つけなくなり、庭に出た。

雪解けはもうすぐだ。だが夜は雪の表面が凍り、踏むとばりばりと音を立てる。由上は、雪面を割る小さな足音に気づいて、そっとバルコニーのほうへ回った。

——ヨル……。

おもちゃの剣を持ち、素振りをしている。

「子どもはちゃんと寝ろよ」

「よちがみ……」

ヨルは驚いた顔をしたが、素振りをやめない。由上はしゃがみ込んで小さな手を包んだ。

「子どもは寝て大きくなるもんだ。早く大きくなりたいんだろ」

「よちがみのあちをひっぱるばじぃにはなりたくないんだ」

バディ、と言いたいらしい。ヨルは剣を下ろした。

「おりぇ……じゅっとよちがみにあやまんなきゃって思ってた」

単独の仕事に出る前、言い争いみたいになったことが心残りだったらしい。

「えいごがにがてだったのはほんちょうなんだ。もっとはやくこくふくちておけばよかったのに、おりぇはどりょくちなかったから……」

もっと語学力を上げていたら〝自分も一緒に行く〟と言えただろう。コンプレックスを放置して、図星を指されて逆ギレしてしまったことを、ずっと後悔していたのだという。

「だから、もうしょうゆう後悔はちたくないんだ。いまできるどりょくは、いまちたい」

「ヨル……」

ぷくぷくの頬とつぶらな瞳で見上げてくる。

「おりぇはよちがみみたいにはやくおおきくなれない。だから、ちっちゃいまんまでもたたかえるようにちておこうとおもって」

そんな無茶な、と思ったら、そういう転生漫画もあるらしい。

「なかみがおっちゃんで、すげーびしょうじょなんだ。もえる」

——幼女よりもさらに小さい姿で、そんなオヤジ臭い発言をされてもな。

「お前の知識の根源はラノベなのか」

「まんがとラノベをぜんぶえいごでよんだ。もう、えいごはすらんぐまでばっちゅりだ！」

「……威張れるような教材か」

由上はため息をついたが、同時にヨルを見直した。

――コイツのすごいところは、こうやって諦めないところだ。

地方の貧困家庭出身で、学歴もない。都会に出てこようが資格を取ろうが、社会で成り上がっていくにはスタートからして不利な、いわゆる〝親ガチャハズレ〟組だ。研修でも決して成績がよかったわけではない。

でも、ヨルは自分の力不足や不遇に叩き潰されたりはしない。黙々と、〝今、自分ができる努力〟をする。

――そうだった。お前の、そういうところをちょっと尊敬してたんだよな。

英語だって、きっとそこらの坊ちゃん育ちだったら、留学してマスターしようとするだろう。でもそんな風に金をかけられなくても、ヨルは自分のレベルで独学できるテキストを選び、しかもちゃんと習得してしまうのだ。

今もそうだ。由上と自分の成長速度の違いを嘆いたり、投げ出したりはしない。自分が素早く成長できないなら、今のままでどうにかできないかと努力している。

そういう愚直なヨルのことが好きだ。決して恵まれた人生ではないのに、境遇を恨まずに生きている彼を見ていると、なんだか妙に助けたくなる。

由上は、まだ自分の中で断定しきれていない情報を言う気になった。

「俺は赤ん坊から人生をやり直して、二年でこの姿になったが、おそらくお前との差は経験値だ」

「へ……？」

ヨルがつぶらな目を見開く。由上は声を潜めて説明した。

「俺は捨て子だった。道ばたで危うく魔物に殺されかけて、旅人に助けてもらった。そこからしばらく戦士だの狩人だのの一行に連れて歩いてもらって、魔物を退治していた」

魔物を倒すたびに、急激に身体が成長した。大人の身体になると、そこからは見た目が変わらなくなる代わりに、戦闘力が上がっていった。

「推測なんだが、お前が今まで年齢相応の成長しかしていないのは、城の中で大事に育てられて、戦う機会がなかったからじゃないか」

ヨルが興奮気味に目を瞬かせて言う。

「ましゃか、ここ……いしぇかいじゃなくて」

「魔物だの剣だの、どちらかというとゲーム的な要素のある世界だと考えたほうが、納得がいく」

なんなら、自分の横にレベル表示とか武器の表示とかが出てもおかしくないくらいだ。ヨルはしゃがみ込んだまま小さな拳をぶんぶん振って興奮していた。

「しゅげー!!　ソードア●トオ●ラインかっ！」

――また二次元話か。

呆《あき》れていると、一生懸命、ゲームの世界にログインしたまま帰れなくなった主人公たちのアニメを語り始める。由上は手を突き出して止めた。

「その路線はなしだ。まず、前提として俺たちはログインしてないだろ」

「うーん……しょういわれればしょうなんだけど」

仮にゲームの世界に放り込まれたのだとしても、誰に、なんのメリットがあったらそんな面倒なことをするというのだろう。

「俺は異世界転生とか漫画みたいな設定は信じてない。ただ、ここは何か人工的な場所なんだとは思ってる」

「たちかに……」

「人工でも自然でも、構築されている世界には必ず一貫した〝ルール〟がある。俺がゲームのように魔物を倒してレベルを上げ、それが自分の姿に直結しているなら、お前もまた魔物を倒せば実際の年数より早く大きくなれるだろう、とは思う」

「しょうか……やっぱりよちがみはしゅごいな。おりぇがあかちゃんをやってるあいだに、しょんなところまで世界《しぇかい》をはあくしてたのか」

ヨルが頬を赤らめて見上げてくる。ほうっと尊敬のため息をつかれると、なんだかこそばゆい。

「外で魔物を倒していけば、もしかしたら成長は早まるかもしれない……」

由上は月明かりの下で、ヨルに手を差し伸べた。

「一緒に、旅に出るか？」

「うん」

きっとそう返事をするだろうと思ったけれど、由上は釘を刺した。

「よく考えろよ。この城を出て行くってことは、お前を溺愛してるあの両親とも別れるんだぞ」

たとえ仮そめの世界でも、ここに留《とど》まればヨルは幸せなひとりっ子王子として生きていける。二年暮らしたのだ。きっとこの先も愛され、大事にされながら生きていけるだろう。

「俺の推論はあくまでも自分の経験に基づくものだ。確実という保証はない。俺だってまだこの世界を把握しきったわけじゃない」

不確かな可能性に賭《か》けることになる。でも、城の近所をちょっとウロウロしたくらいで、調子よくレベルを上げる魔物に出会えるわけがない。やるなら、本当に城を出奔するしかないだろう。

ヨルの答えは変わらなかった。

「おりぇ、このままなんだかわからない世界《しぇかい》でいきてるのがやだったんだ」

根拠のない、ふんわりと幸せな異世界。ふわふわとした綿あめのような幸福感。悪くはないけれど、どこか落ち着かない、と言う。

「しあわせは、じぶんの手でちゅかみとったもののほうがいい」

「格言だな」

ぷっくりした頬のヨルが笑って、ハイタッチみたいに手を振ってきた。

「おとなのからだをてにいれるから、もうちょっとまっててくれ」

ちっちゃいのに、なんだかすごく男前だ。由上もパシッとその小さな手を受け止め、立ち上がりながら片腕に抱き上げた。

「よし、決まりだ。そうとなったら今夜はもう寝るぞ」

「え、このままだっしゅちゅするんじゃないのか？」

「敵に追われてるわけでもないのに、慌ただしく出て行く必要があるか？」

城内で必要な備品を調達し、しかるべき装備をして出て行くべきだ。当たり前のことを諭したら、ヨルは不満そうだったが納得した。

「このままたびにでたら、まんがのひーろーみたいでかっこよかったのに……」

「漫画に毒されすぎだ。あと、チートみたいな能力は絶対ないからな。地道に戦えよ」

「あーあ……ながいみちゅのりだなあ」

ぐだぐだ文句を言っているが、首を抱いてくる小さな手の感触が心地よい。由上はヨルを部屋に送り届けた。

7．異世界はキラキラ

雪解けした頃、ヨルは由上とふたりで旅に出た。

由上の提案で、家出ではなく〝精霊のお告げにより、王子は勇者となるため武者修行に出なければならない〟という話をでっち上げた。無断で出て行って国中を捜索されるよりいいだろうという判断だ。

もちろん、心配性の母親に護衛兵を百人ほど引き連れて行く打診をされたが、これも精霊のせいにして退《しりぞ》けた。勇者となるには、騎士とふたりきりで過酷な修行をしなければならないことにしてある。

──まあ、そのおかげで装備は潤沢だけどな。

馬もテント用の布も携帯食料も最高級品だ。自分用に、刃渡り三十センチしかない細身の剣も特注してもらったから、ちゃんと宣言したのはやはりよかったと思う。

両親にはさめざめと二晩泣かれて城を出た。でも、やっぱり旅はいい。

「やっぱり、いしぇかいはこうでなくちゃな！」

準備だの説得だのに時間がかかったせいで、世界はすっかり春だ。けれどその分外はキラキラしていて、心なしか自分たちがいた世界より色が透き通って綺麗な気がした。

──空もすごいクリアブルーだし、葉っぱは陽射しが弱いのに宝石みたいに光るし。

おもちゃ箱のようにカラフルなところを見ると、やっぱりゲームの世界なんだろうか。

ヨルは由上の駆る馬の前席に座らせてもらい、転生してから初めて見た森や山を堪能する。

ふたり旅が、何より嬉しい。

「よちがみ、こじゅれおおかみみたいだな」

「なんだ？　それも漫画か？」

「子連《こじゅ》れ狼《おおかみ》をちらないのか」

「知らないな」

「へええ」

ヨルはちょっと得意になった。

──オレはばあちゃん家《ち》で育ったから、時代劇は得意分野だ。

由上はなんでも知っているから、彼に敵う分野はないと思い込んでいたのだが、由上はアニメも漫画も時代劇も、あまり見ていないらしい。元いた世界なら検索してなんでも探せただろうけれど、ここでは身につけた知識だけで勝負しなければならない。

――昔のテレビ番組なんか知ってても、なんの自慢にもならないけどさ。

でも、こうやって由上の意外な一面を見つけるたびに、劣等感を抱えていた昔より親近感が湧く。誰でも完璧ではないし、なんでも知っているわけではないのだ。

そう思っていたら、由上が急に矢をつがえ、草むらからひょこっと顔を出したウサギを仕留めた。

「いい晩飯が獲れたな」

「わお」

――前言撤回。やっぱり由上はすごい。

時代劇を知っているより、弓が使えるほうが、今の生活には大事だ。

「ちょっと早いが、そろそろ泊まるところと飯の準備をするか」

「うん」

ウサギを仕留めたところで、由上は馬から降りた。ヨルも片手で抱き下ろしてもらう。

――ゲームなら攻略すればあっという間に目的のところへ行けるんだけど。そういうところはゲームっぽくないんだよなあ。

一日の行程はいくらも進まない。それになかなか魔物にも遭遇しない。だから、ゲームの世界かと言われると、それも確信が持てない。

何をやるにも、リアルな世界のように地道だ。朝早く出発しても、まだ充分陽があるうちに野営の準備を始めないといけなかった。一晩燃やしても大丈夫な量の枯れ枝を集め、獣や風を避けられる場所を探してテントを設営して焚火の用意をする必要がある。

食事だってそうだ。獲った獲物は、まず毛をむしるところからやらないと食べられない。

「げーむだと、ゆうしゃも宿屋にとまるんだけどなあ」

「宿場町はあるが、数が少ない。そもそも、魔物狙いで街の外を選んでるからな。野宿は仕方がない」

「しょうだよな……」

巨大な魔物だと、二歳児では歯が立たない。由上に手伝ってもらうと、由上のレベルが上がるだけで自分の得点にならないのだ。なので、今は雑魚《ザコ》を探してわざと山中をウロウロしている。

仕留めたウサギは血抜きしてから皮を剥《は》ぎ、内臓を取り出してから焼く。本当に昔の生活だと味つけは塩程度だろうが、自分たちはちゃんとスライスしたドライガーリックとバター、岩塩、乾燥させた香草を装備しているので、すごく美味《うま》い丸焼きにできる。

「下処理は俺がやるから、お前は薪《まき》を拾って来い」

「うん！　よち、けんたろう、こい！」

ヒーンと嘶《な》いて、鞍に薪を入れる網を提《さ》げた馬が後ろについてきてくれる。名前はケンタウロスからとった〝けんたろう〟だ。ヨルは森の中を歩き回り、拾える小枝をどんどん網に入れた。

「あ、りしゅだ！」

こちらを見つけると直立不動になって、それからタタっと走って行ってしまった。足元では咲き始めた花々に、気の早い蝶々《ちょうちょ》が飛んでいる。

――背が低いと、こういうのがよく見えるんだな。

城にいた頃は、中庭に出るのでも乳母か王妃に抱っこされていたから、大人の目線でしか外を見られなかったのだ。

春の森は生き物の芽吹きで、圧倒されるほど精気に満ちている。

「ちれーだなあ」

花々は半透明に透けた薄いピンクやオレンジの花びらをひらりとさせる。表面がつやっとしていて、重力を感じない揺れ方だ。蝶々もどこかふわふわとしていて、羽ばたくたびに鱗粉《りんぷん》の尾をきらきらと引いて飛ぶ。蝶を追って顔を上げると、木々の枝から、ベリーのような赤い実をつけた蔓草《つるくさ》が垂れていた。

「おいちそうだ」

――由上は、こういうの好きかな。

これも透き通っていて、まるで赤いお菓子のグミみたいだ。甘くいい匂いで、一つ食べてみたが毒はなさそうだ。ヨルは小さな手でもいで、いくつもポケットに入れた。

「薪は、これくりゃいでいいかな、けんたろう、かえりょうか」

この身長では自力で馬に乗れないので、馬にゆっくり歩いてもらって自分が先導する。

「ただいまあ！」

手を振ると、横に渡した木の枝に、吊《つ》るされたウサギ肉が準備されていた。あとは薪を入れるばかりの状態だ。

火を点けてから小川まで水を汲《く》みに行き、革袋にたっぷりと入れて馬に載せる。

ウサギ肉をくるくる回しながらこんがりと焼き、乾燥したパンにチーズを載せて金串に刺し、これもY字の枝を支えにして、遠火でチーズが蕩《とろ》けるまで上手に炙《あぶ》る。

いい匂いがしてくる頃には、山端が夕焼けに染まった。ヨルは馬から外してもらった鞍を椅子代わりに座り、丸太に座った由上と晩御飯を食べる。

「んー、んまいっ!!　これじょ、あうとどあだなっ」

「ご満悦だな」

小革袋に入れたワインを片手に、骨つきのウサギ肉を齧っている由上が笑った。

「うん。おりぇ、きゃんぷとか憧れてたから」

世間で流行《はや》っているのは知っていたけれど、どんな風にやるのかは、英語の勉強のために見たアニメで初めて知った。女子高生たちが部活でゆるっとキャンプするやつだ。

楽しそうだなと思ったけれど、一緒に行ってくれるような友人はいない。ぼっちキャンプとかいいながら、アニメだと友だち同士で行くのだ。

「そういえば、お前研修の野外訓練もけっこう楽しそうだったもんな」

「しょんなの、おぼえてりゅんだ？」

串に残ったウサギ肉を、いつまでも齧り取りながら聞く。確かサバイバル訓練の時は由上と別のグループだったはずなのに、見られていたらしい。

「洗い場でよく一緒になったじゃないか」

「しょうだっけ？」

確かに、火を熾《お》こしたりテントを張ったりするのがキャンプみたいで、張り切ってやっていた。

——いや、本当にキャンプなんだけどさ。

「しょうがっこうのとき、ともだちがぼーいしゅかうとに行ってて、うりゃやましかったんだ」

弟妹が多かったから経済的にも余計なことはできなかったし、認知症状が出始めた祖母の代わりに家事をしていたから、最低限の学校行事にしか参加していない。

「だから、くんれんでもみんなと外《しょと》でごはんちゅくったり、てんとでねるのとか、しゅごくたのちかったんだ」

「そうだろうなと思って、今日の寝床はハンモックにしてみた」

「え！」

由上が面白そうな顔をして指さしたほうを見た。頑丈な枝ぶりの木を二本選んでいて、上のほうにハンモックが吊り渡してある。

——全然、気づかなかった。

どうも、幼児の頭上より高い場所は、意識しないと視界に入らないらしい。ヨルは食べ終えた串を放り上げて喜び、ハンモックのほうへ駆け出した。

「わあ、しゅごい！　しゅごいよちがみ！　おりぇ、こういうのでねてみたかったんだ」

ハンモックの端を握ってぶんぶん揺らしたら、由上が笑って抱き上げ、ハンモックに入れてくれた。

「わお！」

「器を洗ってくる。そこで大人しくしてろよ」

「うん！」

焚火の炎からもちょうどいい距離で、木の根元には馬のけんたろうもくつろいでいる。ヨルは自分の身体でゆらゆらとハンモックを揺らしながら遊び、小川から帰ってくる由上に手を振った。

「おきゃえりー！」

「あんまり揺らしてると落ちるぞ」

「へいきへいきー」

声を上げて笑う。昔はそこまではしゃぐほうではなかったと思うのだが、二年も赤ちゃん生活をしていると、気持ちのままに声を上げることが、当たり前になってしまう。

「ほら、ちょっと詰めろ」

「いっちょにねるのか」

「寝具は一つしかないからな」

「ちょうだな！」

長身の由上の重みで、ハンモックはいよいよ丸まった。ヨルは由上の胸元で、コアラみたいにひっついて寝る。地面からはだいぶ離れているし、由上のマントが上掛け代わりになって、山中の野宿もまったく寒くない。

——あったかいなあ。

由上の腕に抱き込まれて、胸元から梢《こずえ》を見上げた。ざわざわと揺れる枝には新芽がたくさんついていて、月明かりで緑と黄緑のグミみたいに光って見える。

まるでエメラルドのシャンデリアのようだ。

「しゅごい、ちゅきあかりがしゃしこんできれいだな」

「……風流なこと言うじゃないか」

「だって、おりぇ、このしぇかいで野宿ははぢめてだから」

「そうか」

「あ、ちょうだ……わちゅれてた。でじゃーとがあるんだ」

ヨルはポケットから赤い実を摘《つ》まんで目いっぱい腕を伸ばし、由上の唇に届ける。

「薪をとるときにみちゅけたんだ。たべてみたけど、どくはない」

開きかけた官能的な唇に放り込む。ふいに、昔食堂でペンネ・アラビアータを食べていた由上の端正な顔を思い出した。

ベリーはポケットに入れていたせいで潰れかけていたけれど、由上はちゃんと食べてくれる。

「うまい？」

「……まあな」

生活のほとんどは、自分のサイズが小さいために由上に負担が偏《かたよ》っている。だから、自分が由上のためにできることがあると、嬉しい。

「こんどはもっといっぱいとってくりゅよ。びたみんせっちゅはだいじだからな」

「そうだな」

ちょっと笑われている気もするけれど、笑顔の由上にごちそうさまと頬を撫でられると、くすぐったくなってしまう。

胸元に頭を預けて目を瞑る。

「おりぇ、よちがみとたびできて、まじでよかった」

「……」

毎日変わる景色を見るのも、野趣あふれる食事も由上と眠るこんな夜も、楽しくて仕方がない。

――こんな生活が、ずっと続いたらいいなあ。

「おやちゅみ……」

おやすみ、と低く心地よい声が頭上でして、頭を撫でてくれる大きな手がとても温かくて、ヨルはぐっすり眠りについた。


試練の日は、突然やってきた。ようやく二歳児にふさわしい雑魚に出会ったのだ。

「よし、こいつは動きが遅いからお前でも大丈夫だ。触覚を狙え」

森の中で、苔《こけ》だらけの倒木の間から出てきたのは巨大なカタツムリ風の魔物だ。硬そうな殻はオパールみたいに虹色に反射している。

「う……わ」

ヨルは馬から降ろされ、由上に〝行け〟と尻を叩かれる。

――オレ、ぬらぬら系のやつは苦手なんだよ――。

カタツムリ風なだけあって、全体の動きは遅い。だが、背負っている渦巻の殻だけでも、こちらの身長分くらいある。ぬめぬめと苔の間を進んでくる身体も、目玉のように飛び出している触覚も生臭い粘液を纏《まと》っていて、姿は綺麗なのにやけに生き物臭い。ヨルは思わず鼻を摘まんだ。

「くちゃい」

「ぐだぐだ言うな。めったに遭遇しない小物だ。早くやれ」

短剣の刃渡りは三十センチしかない。触覚を狙って飛び上がっても、あのぬめっとした体液に触れないのは無理だろう。嫌だなと思うけれど、仕方がない。

「えいっ！」

殻の端に足をかけ、精いっぱい背伸びをして左の触覚を斬った。トロそうな見た目のわりに、ぎょええええという気持ち悪い悲鳴を上げて身体を捩《ねじ》ってくる。

「う、わ……」

「ヨル！　右へ回れ！」

――わかってるよ！

左右に頭を振っているカタツムリに刃が届かない。反対側へ回り込もうと走っているのだが、二歳児の足ではそんなに簡単に反対側に行けないのだ。ヨルはとてとてと走って、自分を覆い尽くしてしまいそうなほどでかい相手に飛びかかる。気持ちとしては、人食い熊に立ち向かっているような感じだった。

「とおっ！」

すぱん、と触覚が斬れ、カタツムリの本体はしゅううと音を立てて縮んでいく。けれど、ヨルは逃げ損ねて、倒れてくるねばねばした本体をもろに被った。

「うわあ～」

べちゃっと下敷きになって、重みに手足をばたばたさせる。由上がカタツムリをどかしてくれて、背中を摘まみ上げられた。

「まあ、かろうじて倒せたという感じだな」

「……う……」

——やっぱり、刃渡りが短いとカッコよくは斬れないよな……。

ゲームのように何かのパワーをぶち当てるとかではないから、本当にあのぬらぬらとした本体を斬らなければいけない。華麗に初陣を決めたかったのに、残念だ。しかもカタツムリまみれで臭いことこのうえない。

「でも、成果はあったな」

「？」

「身長が伸びたじゃないか」

——本当だ……。

カタツムリの下から救出されたら、持ち上げられているのに地面に足が着く。だぶだぶだったひざ丈のズボンがぴちぴちのショートパンツになって、上着はほぼベストを羽織っている状態だ。たぶん、見た目は小学二年生くらいになれたと思う。

「すげー、一体倒してこれか」

身長が伸びた分、由上とも距離が近くなった気がした。ヨルは着地して由上にハイタッチした。

「ありがとな！　由上」

「……」

「？　なんだよ」

喜んでくれないのかと思ったら、こらえたような苦笑をされてしまう。

「〝よちがみ〟がもう聞けないのかと思うと、残念でな」

「……っつ」

――笑わなくたっていいだろ。オレだってちゃんと発音したかったさ。

恥ずかしさに赤くなったが、同時に、カタツムリもどきでこれだけ成長できるなら、数体倒せば大人になれるのではないかとも期待した。

――いつまでも笑ってんじゃねえよ。

「すぐ大人になってやる」

早く次の魔物を見つけて、さっさとレベルアップしてやろう。

「その前に服が必要だな。川で臭いを落としたら街に向かおう」

「あ、そうか……」

へそ出しのギャルみたいな格好だ。ふたりは小川で頭から水を浴び、人里へと下りた。

丘陵《きゅうりょう》を三つほど上ったり下りたりして、人里に入った。その頃には服も乾いた。

馬は、ふたり乗せても全然平気そうだ。それまで山道だったのが突然石畳で舗装された道になって、両脇には木枠がおもちゃみたいなカラフルな壁の家々が並ぶ。ヨルは初めて見た〝街〟を馬上から観察した。

——城の中の人たちと、服装は同じ年代っぽいよな。

女性は足元まで隠れるドレス、男性はズボンとシャツにロングベストのようなものを着ていることが多い。ほとんどの人が徒歩で、稀《まれ》に自分たちのような馬に乗った人も通るけれど、だいたい荷を引いた馬車だ。

「服を手に入れるのが、意外と大変なんだ」

既製服はない。基本的に採寸して作ってもらう、いわゆる〝お仕立て〟だ。お針子の看板を探しているうちに腹の虫が鳴ってしまい、とりあえず飯屋に入った。

飯屋は、たいがい上が宿屋になっている。由上がカウンターの親父《おやじ》に部屋を交渉している間に、ヨルはきょろきょろと食堂を眺めた。

石床、板壁と梁《はり》が見える天井。樫《かし》の一枚板のテーブルが左右に並んでいて、窓際は上下に閉じる鎧《よろい》戸《ど》が、つっかえ棒で止めてある。由上が戻ってきた。

「部屋は取れた。腹ごしらえしとくか」

「こういう時、だいたい異世界に流されてきちゃった料理人とかがいるんだけど……」

それでおでんとか串揚げなんかを出して、大人気になっちゃうのだ。すごく期待したけれど、胸を強調した黒エプロン姿のお姉さんが持ってきたのは、典型的なドイツ料理である酢漬けキャベツと揚げた芋とビールだった。見た目が子どもの自分には、ぶどうのしぼり汁が入った銅のゴブレットを渡される。砂糖が入っていない発酵寸前のやつで、妙に酸っぱい。

「なんだ……異世界居酒屋の路線はないのか」

美味い異世界飯を期待しただけに、がっかりだ。

「よくもまあそれだけ異世界話があるな」

「流行ってたんだよ。由上、そういうの読まないだろ？」

ぐびっとビールを呷《あお》りながら、由上はまあなと答える。

「で、お前から見てこの世界はどうだ？　それだけバリエーションを知ってるなら、何か該当する設定はあるか？」

「うーん……街はこれが初めてだし、あとは城しか知らなかったしなあ」

——ゲーム臭いって言えば、確かにビジュアルはゲームっぽいんだけど。

「でも、ゲームにしては、あのカタツムリ風の魔物はやけに生き物臭かった」

普通、ゲームの世界で魔物といえば背中に実用的じゃない翼がついたドラゴンとか、火を吐く怪獣みたいなのがお約束だ。

「さすがに火を噴くやつは見たことがない。だが、想像上の生き物かなと思う見た目なのもいたな」

「うーん。そういうバラつきも、ちょっと気になるところなんだよ」

フィクションにもフィクションなりの美的感覚というか、一貫した様式というものがある。

――カタツムリ風のやつは、そこらにいる生き物をでっかくしてみました……って感じだった。

何かが引っ掛かる。でも答えに辿り着くには、圧倒的に情報が足らない。

むしろ、四年間放浪していた由上の見解はどうなんだと聞いたら、由上は面白いことを教えてくれた。この世界の地形は、自分たちが生きていた世界のヨーロッパとそっくりなんだそうだ。

「今いるのはドイツ寄りのスイス領だ。お前がいたのはドイツ領のノイシュバンシュタイン城で、あの城の建築は、一九世紀だ」

「じゃあ、十五世紀設定なんてウソじゃん」

「生活様式は十五世紀だが、地形とか建築物は十九世紀ぐらいまでのものがあった」

要は〝ざっくり歴史的な建物〟はあるけれど、近代的なビルはないという状態らしい。そういう混在が、タイムスリップではないと判断した理由らしい。

「でも、もしゲームの世界だというのなら、逆に原寸でヨーロッパの地形をなぞる必要があるのかと思ってな。建物や自然物がこれだけ不統一なら、地形だって適当に縮尺しておいていいはずだろう?」

そもそもゲームとは、レベルごとにそれらしい背景で設定されるものではないのかと聞いてくる。

「いや、オレもゲームはやらないからあんまり知らないんだけど……でも、地続きでやたらフィールドが広いやつとかもあるにはある」

「そうなのか」

――でも、地形がそのまんまヨーロッパっていうのも、ちょっと引っ掛かる。

考え込んでいると、山盛りソーセージの皿が運ばれてきた。由上が皿を押して勧めてくれる。

「俺はそっち系の情報が皆無だからな。きっとお前の知識のほうが役に立つ」

期待してるからとか言われると、すごく照れる。

「いや、ラノベもアニメもフィクションの世界だからさ……」

「そのくらいぶっ飛んだ思考のほうがいいかもしれん。俺は真剣に考えすぎて、四年がかりでようやっと動き出した程度だ」

最初の二年は自分と同じく、言語を理解し、身体を大きくするのに費やしたらしい。同時にこの世界がタイムスリップした過去の世界なのか、地球上のどこかなのか異次元の世界なのか、あれこれ推察しながら確かめ、どうやら地形がヨーロッパそのものではないかと思いついて、南下する旅に出たのが、自分と再会したあたりだという。

「イタリアまで行けば土地勘がある。自分が生きていた世界との差分も取れると思ってな」

「由上、イタリア育ちなのか」

「……まあな」

「もしかして、イタリアと日本のハーフ？」

「ああ」

「どうりで……」

「どうりで、なんだ？」

「あ、いや……」

うっかり声に出してしまい、由上に詰め寄られる。テーブルの向かい側から迫力のある笑みで見つめられると、どうしても逆らえない。ヨルはしどろもどろで白状した。

「昔、食堂でペンネ・アラビアータを食べてただろ」

「そんなこともあったかな」

「あの時……さまになってるなあって、思って」

眼鏡の奥の瞳が魅惑的に細められる。

「なんだ、うどんと見つめ合ってたわりには、よく見てたんじゃないか」

「……覚えてんじゃんか」

――何が〝そんなこともあったかな〟だ、とぼけやがって。

「お前のことは、逐一覚えてるよ」

すっと手が伸びてきて、耳の横を由上のセクシーな長い指が掻き上げていく。なんだか、息が止まりそうだ。

――っつ、これだからイタリア男は〝たらし〟だって言われるんだよ。

避《よ》ける方法がなくて、ヨルは代わりにぐびっとぶどう汁を呷って逃げた。

食事と買い物を終えて、ふたりは二階に取った部屋へ行った。木製の扉を開けると真ん中に小さなテーブルがあって、両側の壁に沿ってベッドがある。ヨルが右のベッドに近づくと、由上はすんなり反対側のベッドへ行った。

——あ、そうか……ベッドが二つあるんだもんな。

別々に眠るのは当たり前だ。

——ていうか、むしろ今までのほうがやばかっただろ。

テントもハンモックも一つしかないから仕方がないといえば仕方がないのだが、それにしても、寝る時は胸元にぴったり抱きついて寝ていた。

「うう……」

——でも、あれはものすごく気持ちよかったんだよ。

甘え放題で、焚火に当たりながら膝で寝落ちとか、河原で身体を洗ってもらうとか、かまわれ放題だった。

——やばい……二歳児に戻りたくなってる。

いくらなんでもその願望は駄目だ……でもひとりきりの広いベッドが寂しい。藁《わら》が詰められたゴワゴワのシーツの上でのたくっていたら、向かいのベッドから軽やかな声がした。

「なんだ？　寂しくて寝られないなら添い寝してやるぞ？」

「……」

そっと寝返りを打って由上を見ると、上掛けを上げて、ウエルカムな態勢で笑っている。

「……っつ」

違う、と言い張れたらすっきりするのに、由上の腕の感触が甦って即座に否定できない。

ほら、といわんばかりの余裕の笑みを見ると、言いしれぬモヤモヤが胸の中に湧いた。

――職場でもずっとそうだった。

由上が歩み寄ってくれるたびに、モヤモヤが高まっていた。でも今はその理由がわかる。あの時、本当は由上がかまってくれることに喜んでいたのだ。

嬉しいくせに、実力が釣り合わないことを引け目に感じて、素直に応じられない。そんな自分にモヤモヤしていたのだと思う。

由上と同じだけの実力を備えたら、堂々と隣にいられる……そう思って努力していたけれど、近づきたいのに近づけなくて、悩んでばかりだった。

今だってそうだ。あんな風に言われて嬉しくて、今すぐにでも由上のベッドにもぐり込みたくてウズウズしている。

――いや、本気で言ってるわけないだろ。オレはもう二歳児じゃない。

由上はからかっているだけだ。真《ま》に受けたいが、本当に向こうに行ったら絶対爆笑される。

割り切れない感情を持て余し、ヨルは話を逸らした。

「……考え事してたんだ。さっきの話」

「なんだ?」

由上がからかうのをやめる。仕事の時と同じだ。普段は軽口を叩くけれど、ここぞという時は、流さずにちゃんと聞いてくれる。ヨルは上掛けをずり落として起き上がり、ベッドの縁《ふち》に座った。

「由上は、〝地形がそのままヨーロッパだ〟って言っただろ？」

「ああ……」

「オレが倒した魔物もそうだった。まんまカタツムリを大きくしただけで、あれはデザインされていない」

もちろん、リアル系ビジュアルのゲームも存在する。でも、あのカタツムリは似せて造ったというより、リアルな３Ｄかと思うような生き物臭さだった。

「仮にゲームのような世界だとしても、生き物だけじゃなくて、森とか水とかも、デザインというにはあまりにもリアルすぎる。少なくとも、地形だって由上が本物のヨーロッパの地形だと推論できるくらいにリアルだ」

「……つまり、実際のリアルなデータを使って作った仮想世界ってことか？」

起き上がって思案している由上に頷く。由上の言葉で、言語化できなかった推測に目星がついた。

──それだ。〝仮想世界〟だ。

「オレが事故で死ぬちょっと前に、話題になった仮想空間《メタバース》があるんだ。その名も『異世界転生』ってやつで……」

倉庫での事故から赤ん坊として目覚めた時、すぐに異世界案件という考えが浮かんだのも、あの話題がどこか頭にあったからかもしれない。

「『異世界転生』は、ゲームじゃないんだ」

一昔前、さんざん話題になったメタバースの技術が使われている。

「今さら、メタバースなんて単体で流行ったのか？」

「そう思うだろ？　だから、オレもあんまり注目してなかった」

最初に出た時の〝メタバース〟は、インターネット上に仮想空間を作り、そこで好きなアバターを選んで集《つど》い合うものだった。コンサートだったり、世界中の支社を集めた会社の会議だったり、見た目も、どこに住んでいるかも、インターネット上の仮想空間ならハンディにならない。なりたい自分になって、仮想空間で自由に生きられるというのが謳《うた》い文句だった。

だが、実際はどうやっても〝作られた疑似空間にアバターで参加する〟だけで、ちょっとしたゲームにすらクオリティで勝てず、さらには装着するヘッドセットの不格好さも相まって、今一つパッとしないままのコンテンツだった。

メタバース的なものなら、ゲームの空間で充分その役割は果たせる。

ゲームとひと口に言っても、オンラインでパーティを組んで敵を倒し続けるものや、独自の世界観に没入できるもの、戦うことがほとんどなく、友だちと釣りや庭作りを楽しんだり、部屋をデコレーションすることに没頭できるほのぼの系とか、遊び方もフィールドも千差万別だ。自分の楽しみたい方向に合わせてゲームを選び、その中でキャラクターは自在に選べる。何も、メタバースである必要はなかった。

それでも発表から数年の雌伏《しふく》を経て、メタバースはゲームや体験型コンテンツ側に寄せることで、次々とサービスを開始した。

「宣伝される仮想空間の大半は、有名人の私有地みたいな空間とか、企業が提供するやつだった」

仮想空間に入るための装置を身に着けるだけで、現実の遊園地に行かなくてもアトラクションを楽しめる。入場料を電子決済すれば、かの有名なテーマパークに入れてキャラクターと一緒にツーショットも撮れる。並ばなくてもアトラクションに乗れるし、ペアチケット代は取られるが、友だちと一緒に乗り物に乗れるのだ。もちろん、お土産ショップもまるで自分がその空間にいて、実物を手に取ったかのように商品を眺められる。

「大きかったのは、ヘッドセットにVRスーツがついたことだと思う。あれで、視覚や聴覚だけでなく、スーツ越しに手の感触とかも電気刺激で再現できるようになったから」

ラバー製の潜水用ウエットスーツみたいな見た目で、VRゴーグルとセットになっている。しかも頭まで包むことで、音は骨伝導が主体になり、脳に疑似信号を送って嗅覚まで再現できるようになった。まあ、装着した状態はかなりアレだが、自分の部屋でダイビングスーツを着ていると思えば、誰にも見られない限り許容範囲だ。

とはいえ、リアルさを感じられる空間は限定的だった。テーマパークは敷地が限られているから完全再現できたけれど、そこから一歩も外に出られない。有名人の私的空間も同じことだ。完全に作られた小さな空間を、まるで美術館を訪問するかのように楽しむのがコンセプトだった。お化け屋敷風とか恐竜映画風の、閉じられたエンタメ空間を再現する。

「『異世界転生』も、そういうコンセプトの一つだったと思う。確か、〝ゲームの世界をリアルに体験〟とか、〝リアルに異世界体験しませんか〟的なコピーだったと思う」

テーマパークへ実際に行って楽しむように、ゲーム上の異世界空間を味わうというサービスだ。

「そんなものがあったとは、知らなかったな」

「由上が死んじゃったあとにサービスが始まったやつだ。知らなくて当然だよ」

――てか、オレだって出たての頃のことしか知らないさ。

ダサい名前だし、いくつもあるコンテンツの一つだと思っていた。

それまで大失敗と言われていた仮想空間ビジネスだ。ＶＲスーツの開発で再び注目され出したけれど、それでも商機は限定的だろうという触れ込みだった。

「成功するのは、きっとテーマパーク系までだって言われてた。あとは、アダルト系ならなんとかいけるかもって……」

けれどこの世界がゲームのようでいて、ゲームではないというのなら、もしかすると本当に〝異世界転生〟という名の仮想空間かもしれない。

「もちろん、由上の言うように、オレたちはログインしてないんだし、わざわざそんな空間に放り込まれる理由がない……でも、もしそういうリアルな仮想空間を企業が作るとして、一番手っ取り早く地形を構築するなら、グー●ルアースみたいな地図データを持ってるところは有利だろうなと思って」

企業によっては、三次元空間のリアル地図データを持っているところもある。わざわざ金をかけてゼロから空間をデザインしなくても、〝本物の〟地理データを使えば、リアルな仮想空間ができあがるのだ。

――ていうか、むしろ当初のメタバースって、そういうコンセプトじゃなかったんだっけ。

現実そっくりの空間に、アバターという仮想のキャラクターで生きる。だとしたら、リアルに原寸大のヨーロッパにいる自分たちは、「すごくよくできたメタバース」の中にいるんじゃないか……。

由上も真顔だ。

「なぜ俺たちが仮想空間にいるのかという理由や、それが事実かどうかという真偽はひとまず横に置いておくとしてだ」

もしここが仮想空間だとしたら、自分たちがここから〝出られる〟方法はなんだろう……と問う。

「ゲームの世界なら、攻略しきってラスボスを倒せば、ゲームから出られるかもしれない。けれどもしここが仮想空間だった場合、この世界での究極の目標はなんだ？」

ヨルには答えられなかった。仮想空間のコンセプトはそこに〝集う〟ことそのもので、ゲームのような〝クリア〟はないと思う。

――出られないのか？

急にぞわっと怖くなった。この牧歌的な世界は嫌いではない。けれど、〝閉じ込められた〟と思った瞬間に、どうにもならない閉塞感を覚えてしまう。

思わず考え込んでしまい、気がついたら由上が前に立っていた。大きな手が、まだ小学生レベルの自分の頭を撫でる。

「大丈夫だ、そんなに悩むなよ」

「……由上」

「俺がなんとかする」

ヨルは顔を上げた。由上の笑みがすごく力強く見える。由上はからかうこともなく問いかけてきた。

「お前は、元の世界に帰りたいんだろ？」

どうしてだろう。その声に、どこか心を引っ張られるような寂しい響きを感じる。けれどその声音のせいだろうか、逆に素直に自分の気持ちを口にしてしまった。

「オレ、由上と一緒に旅をするのがすごく楽しくて……本当はずっとこのままでもいいかなと思うくらいだったんだ」

でも、〝この世界から出られない〟と言われた瞬間に、急に帰りたいという気持ちが湧いてきた。死んでないことを喜ぶよりも、そっちのほうが先に心を占めてしまう。

「ヘンだよな。この二年間、思い出すこともなかったのに……妹とか弟とかの顔が浮かんできて」

「帰れる可能性があるとわかったら、郷愁が湧くのは当然だ」

由上の穏やかな声が染みた。髪を掻き混ぜてくれる指の感触が心地いい。

「お前に帰りたい場所があるなら、俺が帰してやる」

「由上……」

「このまま南下を続ける。仮想空間だというのならその構造は把握するべきだし、戦うことでゲームのように自分のレベルが上がるなら、とことん上げることで、何が得られるのか試してみる」

宿場町を経由して人々から情報を得、あらゆる方向からこの世界を攻略する術《すべ》を探すと由上が言う。

この男が言うと、本気度合いが違って聞こえる。なんといっても、由上は日本支社のエースだったのだ。

「時間はかかるかもしれないが、諦めるな」

「……うん」

その夜、陛下が寝静まってからヨルはそっとベッドを下りた。忍び足で向かい側のベッドまで行き、眠っている由上を眺める。

――眼鏡してないと、こんな感じなのか。

眼鏡は枕元にあった。いつもより少しだけ見慣れない顔を、いつまでも上から見つめてしまう。

「……」

由上は、別に帰りたいわけじゃないんだろうと思う。帰りたいとは言わなかったし、今の生活は楽しそうで、由上にすごく合っているように見える。

それでも、元の世界に帰る方法を探してくれるというのだ。

――オレが帰りたいって言ったから……。

あの時の由上の声は、今でも心に引っ掛かる。でも由上の言葉で安心したのも本心だ。

――だけど、帰るなら由上と一緒がいい。

元いた世界に帰れる日が来たら、由上も一緒に戻ってくれるだろうか。

――戻って、また一緒に仕事をして……。

なんだかそれ自体が夢物語みたいだが、以前のようにバディでいたい。

――それには、せめて身体だけでも元のサイズに戻らないと。

そもそも、〝元の世界〟なんてものすらあるのかどうかわからない。それでも、これからこの世界を知るために動き回り、帰る方法を探るのに、この身体では相棒として役に立たない。

大きくなろう。

――戦って、レベルを上げて、大人サイズに戻って……すべてはそれからだ。

「待っててくれ」

ぐっと拳を握りしめ、ヨルは自分のベッドに戻った。

8. 勇者のお仕事

大きな魔物は人里に近い場所にいる。これは、由上が経験則で知ったことなのだという。そして実際、街道沿いからそう離れていない森で、ヨルは魔物と戦っていた。

相手はウサギだ。それも体高十四メートルくらいある。

――ウソだろ。弓で射止められるサイズもいたのに……。

頭上にウサギの長い耳の影が伸びる。剣を構えて見上げるが、冗談のようにでかい。そして後ろ足で跳躍されると地響きで揺れた。

「ヨル！　崖に追いつめる！　木に登って上からやれ！」

「わかった！」

由上は騎乗して松明《たいまつ》を掲げ、火で威嚇して右側の崖へとウサギを追い込んでくれる。ヨルは駆け出して崖沿いの木に飛び上がった。

枝から枝へと反動をつけて飛び上がりながら、ウサギの頭の横を狙える高さまで登る。

ウサギのシルエットはごく普通の耳の長いタイプだ。だがふわっと波打つ毛の一つ一つがクリスタルでできているかのように透明で硬質だった。

——刃物は通らないかもしれない。

唯一の武器だから、これが折れたら大変だ。ヨルは炎を嫌がって回れ右をしてくるウサギを見ながら、瞬きをしたのを確認する。眼球の端に毛細血管が見えた。

「眼は、たぶんやわらかいな」

ズシンとウサギが着地した瞬間を狙って眼球を狙う。予想通り刃が通ってウサギは蹲《うずくま》った。だがこれはゲームのようでゲームではない。〝生き物〟として仕留めないと死なないのだ。

ヨルは眼球に刺さった剣と一緒にウサギの身体に飛びつき、剣を引き抜くと体毛の間を狙って刃を差し込み、頸動脈《けいどうみゃく》を斬った。急所は人間と同じだ。ウサギはちゃんと息を止めた。

「……それにしてもでかいな」

馬で駆け寄ってくる由上をはるか上から見下ろす位置だ。ヨルは硬い毛並みの上をとんとんと飛び降りた。

「レベルが上がったじゃないか」

「あ……ほんとだ」

剣を握った自分の手が大きくなっている。大人の身体まであと一歩、という気がしてきた。

「今度街に行ったら、大人用の剣に買い替えよう」

「わざわざ武器屋に行かなくても、向こうから来るから大丈夫だ」

「へ……？」

早く街に行こうとウキウキしていたのに、由上は〝ここで待て〟と言う。

むしろ、その間にこいつから採れるものを採っておこう、と由上は馬を降り、ウサギの硬い水晶みたいな毛並みを削り始めた。

「値は安いが、まあそれなりに売れるからな」

「売り物なのに、削っちゃっていいのか？」

「無傷の獣なんかいない。〝剝げた箇所があるな〟くらいにしか思わないさ」

こんなに硬くても一応毛皮扱いで、本物のクリスタルの五分の一の価格らしい。金のやり取りができない場所での物々交換用に最適なのだという。

「武器商人が来れば、獲物も見る。話が伝わって、次は専門の買い取り業者が来るんだ。あとは毛皮を鞣《なめ》す職人だの肉の卸《おろし》業者だのに二次売買されていく。その辺の仕組みは一般的な社会と同じだな」

「そうなのか……ゲームだと、倒した魔物はだいたい粉々になって消えるか宝石とかに変わるからな」

「そういうのだと便利だな。これだけ巨大な死体を放っておくと、悪臭がして大変だ」

「ああ、そういう怪獣映画もあった……死体処理って、リアルだと大変だよな」

「……」

由上がくすっと笑っている。なんとなく由上にもっと笑ってほしくて、クリスタルを削りながらヨルはひたすらしゃべった。

「倒した魔物を料理して食べるラノベもあるんだ。異世界料理ものっていうカテゴリーなんだけど」

こっちの世界ではどうなのかあれこれ尋ねると、こういう魔物の肉は、人は怖がって食べないのだという。肉はたい肥に、骨は資材に、鉱物のような毛皮は装飾品として取引される。

「意外とこっちの連中は考え方が迷信深くて保守的だと思う。だから、本当に十五世紀あたりなのかと思ったこともあったんだが」

自分のような境遇の者がいないか、親しくなってからそれとなく尋ねると、たいていの人々は人差し指を口に当てたらしい。

「〝前世の話はするもんじゃない〟と言うんだ。禁忌《タブー》とか、礼儀として避ける話題らしい」

「……けどタブーにするってことは、前世の記憶がある奴もいるってことだろ？」

由上が手を止める。

「俺もそう思ったんだがな。どうも探っていくと、そういう意味でもない気がしてきてな」

〝前世は○○だった〟と自慢する男を見たことがあるらしい。けれど、聞いている人々は顔をしかめて取り合わなかったという。

「前世がどんなにハイスペックだろうと、この世界では実力がすべてだという理屈らしい。話しているほうも、本当に前世の記憶があるというより、前世話しか自慢できるものがないんだろうという男だった」

もちろん、本当に〝不吉な話〟として嫌がる人もいた。どちらにしても、前世の記憶があるという前提なのはおかしいが……と由上が言い、ヨルも同意する。

「だよな。前世の記憶があるなんて言ったら、オレたちがいた世界じゃちょっとやばい系扱いだったよな」

まさかこの世界にいる全員が転生組というわけではあるまい。もしそうなら、もっと皆で元の世界の話をするはずだ。

由上は切り取った毛皮クリスタルを革の小袋に入れながら続けた。

「たまたま俺が拾われた集団がそうだったのかもしれないが、俺もそこからこの話は用心してあまり探らないようになった。まあ、言語とか社会構造を学ぶほうで手いっぱいだったのもあるしな」

「それでも、数年で独立したんだからすごいよ」

「お前も充分早いよ」

くしゃっと髪を掻き混ぜられるとくすぐったさに目を瞑ってしまう。

でも、笑いに紛らわせて避けずにいる。できれば、もっとそうされていたい。

――バカだなあ。オレ……。

こんなことが嬉しいのだ。思えば由上は会社にいた頃もこんな風に近づいてきてくれていたのに、自分は変なプライドと劣等感で素直になれなかった。

死に別れてから後悔し続けるくらいなら、ちゃんとこうして味わっておくほうがいい……今はそう思う。

《あとで、と思って取っておいたら、食べられなくなるかもしれないじゃないか……》

――あれ？

急に、由上の言葉が脳裏に甦った。優雅にペンネ・アラビアータを食べながら、何気なく言ったことだ。

——由上は、そんな経験をしたのかな。

ヨルは枯れ枝を探しに行った由上の後ろ姿を追った。

さらりとそれが考え方になってしまうくらい、由上は何かを失いやすい人生だったのだろうか。

——オレが「あとで」にして、由上を失ったように……。

「……」

そういえば、自分は由上の過去を何一つ知らない。

他人の過去をあれこれ詮索するのは好きではなかった。特に、田舎の狭い人間関係で育ってきて、他所《よそ》の家庭の内情を探っては噂話《うわさ》の種にする近所のおばさんたちに辟易としていたから、同じことをしたくなかったのだ。

わかってほしいと思うことなら、自分から話すだろう。知られたくなかったら黙る。だから、こちらからいちいち聞く必要はない。

ずっと、そう思っていた。けれど、今は話さない由上の生い立ちが気になる。

——でも、聞くわけにはいかないよな。

むしろあんな言葉が出るくらいなのだから、愉快な過去ではないだろう。明るくて社交的な由上が敢《あ》えて話さないことをほじくり返すのは、傷つけてしまうようで嫌だ。

由上が話してくれたら、聞けるだろう。そうでないなら知らないままでいい。

――オレが知ってる由上だけで、オレは充分信頼してるんだから。


由上の言葉通り、毛皮クリスタルを削り取り、焚火を熾こしてのんびり一服していると、馬車に乗った一行がやってきた。赤いトルコ帽みたいな帽子をちょこんと被り、幅広の赤い帯を締め、革のロングベストを羽織った、見るからに商人といういで立ちの男だ。

「これは大物を仕留めましたな。どうです旦那？　武器の御用命は？」

武器商人らしい。由上が愛想よく頷くと、武器商は幌《ほろ》馬車から木枠のトレイに入れた武器を次々と外に並べた。

「お手元が豊かならお買い替えを、不如意なら交換や下取りも承っております」

由上は削り取ったクリスタルは見せず、王妃たちから路銀にともらった銀貨を提示した。

「コイツの武器を新調したくてな。ヨル、使い勝手のいいやつを選べよ」

「あ、ああ……」

並べられた剣や斧《おの》を試していると、由上は商人と違う話をしている。

「狼煙《のろし》は焚きますか？」

「ああ頼む」

ちらりと横目で見ると、由上は武器代とは別に、商人に小銭を握らせていた。すると商人の従者は喜んで頭を下げ、何やら帯にぶら提げていた小袋から丸薬のようなものを取り出して焚火にくべた。

焚火からは紫色の煙がもくもくと立ち昇る。なんだろうと見つめていると、商人のほうが説明してくれた。

「だいぶ大きな魔物ですからね、紫色を焚きました。おっつけ、引き取り業者が来るでしょう。手前どもはこの先の宿場町に泊まっておりましたが、引き取り業は大手の業者と、独立系の業者の馬車が三台ほど停まっていましたよ」

武器商は荷物の量が固定されているから、小回りを利かせて巡回しているらしい。戦っている途中で武器を破損させたり、路銀が尽きた相手から買い取るのを目的としているようだ。

武器が売れる場所には魔物有り……仕留めた直後の勇者に出会うと、武器商はすかさず解体業者へ報《しら》せる。もちろんそこで先ほどのような連絡手数料を取る。

「もちつもたれつですからね。逆に解体業者さんから狼煙をもらうこともあるんですよ」

「へえ……」

――まあ、スマホがないんだもんな……。

電線もないし、報せる手段で一番有効なのは狼煙なのだろう。解体業者は早いもの順で、遅れを取ると取り分がなくなるから、わりとすぐ来るらしい。

「まあ、休んでいってくれ。今、茶を沸かす」

「おお、ごちそう様でございます」

由上が愛想よく促し、武器商人も従者もそれが慣習のようで、遠慮する様子もなく焚火のそばに折り畳みの椅子を持ち出してきて座った。

素焼きの壺《つぼ》に茶葉を入れ、革袋に入れておいた水で茶を煮だすと、商人は馬車に積んである自前のカップでそれをもらう。そして香りを楽しむように目を閉じた。

「うーん、素晴らしい。こんなに高貴な香りのお茶は久しぶりですよ勇者様」

「風雅のわかる相手に飲んでもらえるのは、こちらも嬉しいな」

——王妃から高級茶葉をせしめてたのは、このためだったのか。

確かに、酒を持って歩くより茶葉は携帯しやすくて軽い。ヨルは黙って隣に座り、彼らのやり取りを聞いていた。

武器商は武器を扱うけれど、武器だけが商品ではない。こうして茶を飲みながらのんびり話しているようで、ちゃんと情報も仕入れている。

「じゃあ、山向こうはだいぶ獲物が少ないんですね」

「ああ、ひと月ほど探し回ってみたが、雑魚しかいなかった」

「今日の獲物レベルでしたら、もっと東のほうで先月出ましたよ」

「そうか。そういえば、四日ほど前は西の宿にいたんだが、泊まっていた連中は数人で東に向かうと言っていたな。装備も重そうだったから、まだウロウロしてるんじゃないか」

「それはいいことを聞きました」

由上も情報を伝える。もちろんそんな世知辛い話ばかりではなく、どうでもいい世間話も山ほどした。魔物を仕留めた時は昼過ぎだったのに、今は山端が藍色から美しい紫色のグラデーションになっている。ヨルは、二杯目のお茶を片手に、倒木に腰かけて空を見上げた。

「あ、なんか飛んでる」

「ああ、渡りの季節ですからね」

どう見ても鳥ではないものが群れを成して流れて行く。ぷよぷよのゼリーみたいで、向こう側の夜空が透けて見えるから、藍色っぽい。初めて見たヨルがぽかんと見上げていると、武器商が笑った。

「悪さをしない魔物もいますからね。特にあの〝プハリー〟はいい。夕暮れ時に遭遇するなんて幸運ですよ」

「そうなんですか？」

見ていてごらんなさい、と武器商が指さすと、まるで合図のようにぷるぷるの身体の内側が光った。

――スライムになっちゃった主人公の話もあったなあ。

チカチカと黄色く瞬いて、先頭から順に光の波が群れの後ろへと続く。光り終わると粉のように細かく弾《はじ》けて、夜空を流れる花火のようだ。

「いやあ、綺麗なプハリーですねえ」

「おお、マルノリさん、シルリさん。お待ちしてましたよ」

幌のない荷馬車を引いた〝解体業者〟がようやく到着した。ふたりとも狼煙を見てから宿場を出たらしく、商売仲間同士で仲良くここまで来たらしい。

「ハスルさんところは残念でしたねえ。ちょうど今朝、次の街へ行くって逆側に出発したんですよ」

「惜しいなあ。こんな大物を逃すなんて」

きっと悔しがりますよと笑っているけれど、せせこましい損得勘定は見えない。解体も明日の朝からやるらしく、馬車二台では持ち帰りきれないので、解体業者専用の狼煙を焚くという。分け前は分配するが、紹介料を取るので損はしないらしい。

——何をやるんでも、のんびりしてるよな。

城で過ごした二年間もそう思っていた。食事の用意でも洗濯でもほぼ人力だから、一つ一つに時間がかかる。でも、その分一日のタスクは少なく、ゆったりしている。

一分程度の遅延さえ表示する電車に乗り、次から次へと仕事をこなしていた日々からするとゆるすぎる生活だ。時計はあるけれどほとんど見なくて、起きる時間も眠る時間も太陽次第。魔物に遭遇するのも運任せ。これだけ大きな獲物が獲れると、解体業者に下げ渡すだけでふたりでもひと月はゆったり暮らせるという。

由上は業者と売買が成立し、解体業者から三キロくらいはありそうな銅貨入りの麻袋をもらっていた。

「旦那、それだけ重いと馬に積んで行くんじゃ大変でしょう？　銀行にお預けになったらいい」

——銀行、あるんだ。

城の両親が持たせてくれたような高額銀貨は、小商いをする市井《しせい》の業者では両替できない。武器のような高値の商品でない限り、日常的に使うのは銅貨だ。確かに荷馬車なら持ち運びも苦にならないだろうけれど、馬で携帯するには、この量は重すぎる。

「銀行はいくつもありますけどね、お勧めはなんといってもコジモ銀行ですよ」

支店の数が圧倒的に多いのだという。日本で言えば、都市銀行と地方銀行くらいの違いがあるらしい。由上は、業者の下働きと一緒に夕食の支度をしながら、商人たちの話を引き出している。

「証文一つでどこでも金を引き出せる便利さもですけどね、何よりもコジモ銀行は信用度が高い。中には倒産する銀行だってあるんです。うっかりしたところに預けたら全財産がパァだ。旦那も、預ける先は用心したほうがいい」

「確かにな。じゃあ、やっぱりコジモ銀行にしておこうか」

「それがいいですよ。あたしらが逗留《とうりゅう》してたのはこの先の山を二つ越えた宿場町ですがね、そこには支店があります」

――ゲームでも、だいたいギルドの銀行みたいなやつがあるよな。

賞金稼ぎの勇者が、稼いだ金を預けるのだ。由上は解体業者にコジモ銀行の証文を見せてくれと言っていて、紋章の入ったそれをじっと見ている。ヨルも薪をくべながらさりげなく見た。

赤い丸薬のようなマークが六つ。

――あれ？　なんかで見たような……。

何かのアニメだったか、それともラノベの挿絵か……。記憶を総動員してみるが思い出せない。黙り込んでいると、焚火の上に吊るされたブリキの鍋から、いい匂いがしてきた。

「坊ちゃんも、そんな渋いお顔をせんで、さあ召し上がってくださいよ」

「あ、ああ。ありがとうございます。すみません」

干し肉と、水で戻したキノコにたっぷりのチーズをすりおろしたスープは、塩で味を調えただけだが思わず腹が鳴るほどいい匂いだ。もちろん、革袋に携帯したワインも供される。

「勇者様の前途を祝して、かんぱーい！」

「いい商材をいただきましたよ、乾杯！」

「こちらもいい業者さんに会えた、乾杯」

由上は楽しそうに笑っている。

その夜は、業者と武器商人たちとで、夜遅くまで酒盛りをして盛り上がった。


翌朝、巨大なウサギ魔物の始末を業者に任せて、ふたりは街を目指した。街道沿いにある頑丈な石垣で囲われた街は、門をくぐると石畳の両脇に店が並び、円形の街の中は民家や宿屋、流通を担う商会や銀行までなんでも揃っている。ふたりはさっそく仕立て屋に行った。緑に塗られた木製の扉を開くとドアベルが鳴り、白いキャップで髪をまとめたドレス姿のおかみが愛想よく出てくる。

「いらっしゃいませ勇者様、鎧まで一式ご新調ですか？」

「いらっしゃいませ勇者様！　当店へようこそ！」

奥から若いお針子がふたり、頬を染めて由上を見ている。ヨルはわけもなく焦った。由上のほうも、そういう視線にもちゃんと気づいてにこやかに返している。本当に、イタリア男は女とみれば愛想を欠かさない。

「コイツの服を頼みたいんだ。鎧ももちろん一式揃えたいんだが、提携している工房とかあるかな」

「あります。よろしかったら私がご案内しますわ。すぐ近くなんですの」

お針子のひとりがぐいぐい来る。おかみが睨んでいても屁でもないという顔だ。もうひとりはどうやらヨルのほうに狙いを定めたらしく、巻き尺みたいなものを片手に寄ってくる。

「じゃあ、若様のほうは私が採寸させていただきましょうね」

——……。

にじり寄ってくる女性が苦手だ。

——ていうかオレ、女の人とふたりっていうシチュエーションが苦手なんだよな。

それより、ロックオンされている由上のほうが気がかりだ。ヨルは自分のピチピチになった上着を見た。袖も丈も、あと一回り大きくなれば由上に肩を並べられる。

きっとあと一体でも倒したら、大人の身体を取り戻せるはずだ。ヨルは近づいてくるお針子を振り切ってドアのほうへ行った。

驚いているもうひとりの女は由上の腕を摑んでいて、ヨルは由上を指さした。

「こいつと同じサイズで作ってくれ」

「おい、どこへ行くんだ」

「一体倒してくる！　由上は酒でも飲んで待っててくれ、けんたろうを借りる」

「おい！」

追いかけてきそうで、ヨルは慌ててけんたろうに飛び乗った。さすがの由上だって馬より速くは走れないだろう。

——早く……。

早く成人の身体を手に入れたい。由上と〝お連れの若様〟じゃなくて、勇者ふたりになりたい。馬を駆り、石垣で囲まれた街を出て街道を逆走しながら、ヨルはわけもない焦燥感に追い上げられた。

自分たちを急《せ》かすものなんかない。この世界の時間はゆったり流れているし、ふたりで魔物を探して森を彷徨《さまよ》っている時は、いっそこんな生活がいつまでも続けばいいとさえ思っている。

なのに、由上が誰かと楽しそうにしゃべっていると、どうしていいかわからなくなる。

この生活は、終わってしまうかもしれない。

別に、死に別れなくたって、人はそれぞれの道を歩いていく。

自分がきょうだいと離れてひとり暮らしをしていたように、どんなに居心地のよい関係だとしても、永遠に続くわけではない。

——でも、この世界を出るまでは……。

バディでさえあれば、たとえ由上に恋人ができても、その先に家族ができても一緒に仕事ができる。

だから、そのために魔物を倒し、強い力と身体を手に入れなければならない。

東には、あのバカでかいウサギと同じレベルの魔物がいる……そう武器商の男が言っていた。だから、ヨルは証言を頼りに街道を東に逸れた。

魔物は、あまり人里離れたところでは生きていけない。彼らの〝餌《えさ》〟は人間の精気なのだと言われている。人間のほうは襲われると干物みたいにカラカラに乾いた死体になってしまうらしい。あの大きいだけのウサギにそんなすごそうな技があるとは信じられないが、そもそも自分たちの生きてきた世界とはルールが異なる。空を飛ぶスライムがいるのだから、精気を吸い取るウサギがいてもおかしくはない。

とはいえ、人間のほうも大人しく襲われるわけにはいかないので、どの街も兵士が守りを固めている。ほうぼうの国へ旅をして傭兵として雇われる勇者もいるし、そこで成り上がって貴族になる者もいる。由上が王と王妃に雇われたのも、傭兵契約という形だったそうだ。

街を襲う魔物はめったにいない。襲われるのは守り手のいない貧しい農村か街道を行く旅人だ。だからヨルは街道から離れずに走った。

――こういう時、魔導師がいるチームに遭遇すると便利なんだけどな。

たいした戦力は持たないが、魔物の匂いを嗅ぎ分けられる能力というのがあるらしい。専門の訓練機関で学んだ術士はそれを示す首飾りをかけていて、賞金狙いの魔物狩人は彼らと組んで大物を狙う。

つくづくゲームじみた世界だと思うが、レベル表示もないし、パワーをぶつけるような戦法もない。

――それに、ゲームの世界でわざわざ農民をやりたがる奴なんかいないだろうし……。

収穫系のゲームなら楽しいだろうけれど、魔物に襲われるのに怯《おび》えるだけの貧しい農民なんて、罰ゲームみたいな役だ。自分なら、転生してまで飲み屋の料理運びやらお針子なんかやりたくはない。

もし自分がゲームの世界に入るなら、やっぱり勇者がいいと思う。

――てか、みんなそうなんじゃないか？

モブをやりにゲームをする人は珍しいと思う。

「あれ……？　じゃあ、普通のゲームってどうなってるんだろう？」

自分はダンジョンでサクサク敵を倒して、美少女に好かれまくるチートなアニメくらいしか見ていない。でも、ゲームの世界でログインした全員が勇者を目指すなら、ゲームの世界は勇者だらけになるのではないだろうか。

──でもオンラインでチームを組んで戦ってるゲームもあるよな。

「うう……」

──漫画とかラノベばっかりじゃなくて、ゲームもやっておくべきだったかも……。

まさかこんな世界に生きるとは思わなかったから、ゲームは守備範囲外だ。悩むばかりで答えが出ない。

そうやって走っていると、ふいに石畳の街道の左側がぽっかりと空いていることに気づいた。

「？」

不自然なほど木々がない。そして思わず馬を止めた瞬間に、円形の広場のようだったその場所がトルマリンピンクに輝きだした。円の縁に沿うようにきらきらと地面から粉状の光が湧きだし始め、CGか何かのように半透明な双葉が伸び、見る間に可憐《かれん》な桃色のつぼみをつけていく。

綺麗だな……と眺めながらも、頭のどこかが警戒した。

──けんたろうの耳がぴくぴくしてる……。

馬は人間以上に臆病な生き物だ。愛馬の緊張を感じ取り、ヨルは馬を降りてけんたろうを街道側へ下がらせる。そして剣の柄に手をかけた。

その間も、目の前には息を呑《の》む景色が生まれている。

馬よりも大きく伸びた葉、ずっしりと重そうな芍薬《しゃくやく》に似た花は、まだつぼみなのに馬くらいの大きさがある。どれも円形の空間に誘い込むように縁に沿って咲いており、甘い香りを振り撒いていた。

蜜のようにとろりとして、けれどどこか毒のある甘さ。無数の粟粒《あわつぶ》のような光を放ちながら巨大な花びらが開こうとしているのに、森は息を潜めるような静けさだ。

魔物だ……とヨルは確信した。植物の魔物がいるとは聞いていないけれど、華やかさを振り撒きながらも、危うさを感じさせる。

鞘《さや》からかちりと剣を抜き、スタンスを取って構えた。いくつもの巨大な芍薬の周りで、純白のスズランや淡い紫のムスカリが彩り豊かに咲いている。どの花も現実の花とは思えないほど大きく、ヨルの背丈より高い。

じりっと間合いを取りながら見つめていると、突然幻想的な花々が牙を剝《む》いた。ふわりと開きかけた幾重もの花びらの中心が、カッと開いてヨルのほうを向く。茎ごと食いついてこようとする花芯は、比喩ではなく本当に人間みたいな歯を持っていた。

――うわ……。

カチカチと歯の根が鳴る。タコの足のように茎が自在に動き、いつまでもテリトリーに入ってこない獲物に向かって襲いかかる。

「上等だ……」

ヨルは剣で応戦した。魔物としての迫力は充分だ。レベルは知らないが、こいつらを倒せば由上と同じくらいの身体に成長できるだろう。ヨルは飲み込まれそうなほど大口を開けた花の中心に向かって剣を突き上げる。

ギュルギュルという不気味な音を立て、花は幾枚か淡い花びらを散らしてぐわんと除《の》けた。どうやら、敵の機動力は動物並らしい。

「負けるもんか」

――こっちは、大人サイズの身体がかかってるんだよ。

ヨルは正面に構え、剣を握り直す。

「お前の餌にはならねえ！」

上から躍りかかってくる花を避け、茎の根本まで走り込む。隣の花が襲ってきたけれど、それも一緒に剣で薙《な》ぎ払った。

――くそ……硬い茎だな。

刃が途中で止まりそうだ。ヨルは踏ん張って剣を横に押し斬る。茎は思ったより鈍い音を立てて地面に落ちた。だが、それで花が死んでくれるのかと思いきや、切り離されたトカゲの尻尾のように、地面をのたうって襲ってくる。

「ちッ……」

意外としぶとい。ヨルは暴れる花と、まだ茎を伸ばして襲ってくる他の芍薬と同時に格闘することになった。しかも、よく見ると一見大人しそうなスズランやムスカリからも何かが出始めている。

――こいつらもか……。

こんもりとした紫のムスカリは、重なった花びらの一枚一枚がカメレオンの舌のようにびろんと伸びて、ヨルの足や剣を巻き取ろうとしている。スズランの純白の花は、なにやら透明な雫《しずく》が膨らんで落ちそうだ。だが、落ちる前から、それが透明な接着剤のように粘性を持っているとわかる。

――やばい。あんなのにくっつかれたら動けなくなる。

きっと刃先が触れても斬れなくなるだろう。スズランは地面すれすれを狙って斬るしかない。

「くっそー」

今まで倒してきた魔物に比べたらそこまで獰猛《どうもう》ではないけれど、可憐な見た目のわりに、集団で襲ってくる分性悪だと思う。ヨルは上から襲ってくる芍薬を避けながら、なんとか円の端まで走り、木の枝に飛び上がって上から茎を斬り落とす戦法に出た。

茎から切り離した花は、背後に回って花びらを散らすように斬る。花の芯が見えたところで、裏側から口を狙った。人間で言えば首の後ろから喉を突き刺すような格好だ。倒すたびにカタツムリの魔物の時みたいにぎょええという気持ち悪い奇声が響くが、怯《ひる》んではいられない。これが由上と肩を並べるための近道だと思うと、がぜんやる気が出た。

――それに、色々悩まなくて済むし……。

剣を振り回している間は、綺麗なお針子さんと並んだ由上の姿を忘れていられる。モヤモヤした気持ちも、むしろ魔物相手なら遠慮なくぶつけられて便利だ。

ぽっかり空いた広場は、光を放つ芍薬やスズランのせいで、ほんのりと明るい。ヨルは生命力の強い食虫花を叩き斬りながら、時々足元を狙ってくるムスカリの長い舌に気をつけた。

「とぉりゃあっ！」

半時ほど戦闘が続き、ようやく終わりが見えてきた時だ。巨大な食虫花はとりあえず片付け、あとは下手に斬るとべったりくっついてしまいそうなスズランを放っておくか、ムスカリだけでも全部始末するかを戦いながら検討していたら、しゅるしゅるという嫌な音が地面を擦った。

——新手の魔物か？

剣を振り回しながら視線を巡らせる。音の正体は下生えを薙ぎ倒し、ぽっかり空いた空間の外周を取り囲んでいるようだ。そして撤退を阻むように取り囲んだ円からざっと上へと伸び上がってきた。

「……ハエトリ草……的な？」

茎というよりは蔓だ。そして絡んで伸びた蔓の左右に楕円の葉がある。ちょうど馬の鞍くらいあるそれには咬《か》み合わせた棘《とげ》が並んでいて、ハエや蟻《あり》を取り込んで食べる食虫植物にそっくりだった。

——コンプリートできたと思ったのに……。

また戦闘が続くのかと思うとうんざりしたが、腐ってはいられない。ヨルは気構えし直した。

「やってやろうじゃないか。こうなったら全部倒してやる……かかってこいよ」

どのみち、鳥かごのように周囲を覆われてしまったのだ。こいつを倒さないと出口が作れない。

ヨルはバクンと葉を開けた蔓を叩き斬る。だが相手は斬っても斬っても切り口から新たな蔓を伸ばし、退く様子もなく襲ってくる。

——これ、このまま戦ってもキリがないな。

蔓を振り払いながら視線を走らせると、面倒で放っておいたスズランが、綺麗な粘着性の雫を垂れ落とさんばかりに沁みださせていた。

「……」

身を低くし、食虫植物が襲ってくるのを誘い、ヨルはスズランのそばに寄った。

――できるかな。

剣をざくっと根本付近に刺し、シャベルで根ごと掘り返すような感じでスズランを地面から放り上げ、ハエトリ草もどきの口めがけて投げる。

「あ、やっぱり接着剤なのか」

悪食《あくじき》らしく、口に飛び込んできたものはなんでも取り込む。スズランもバクンと飲み込んだけれど、あの透明な雫が棘にくっついてしまったらしい。口が開かなくなって左右に葉を振ってもがいている。ヨルはほくそ笑んで身を低くし、走りながら次々とスズランを掘り返した。

もちろん、慎重に刃先の距離を取る。うっかりすると根にもあの粘性のある体液が含まれているかもしれないからだ。

掘り出したスズランを次々にハエトリ草に投げ、ついでにムスカリも投げた。ムスカリは逆にハエトリ草の棘に自分の舌を伸ばして巻きついてしまい、体液で棘を溶かしてしまっている。ハエトリ草は相変わらず斬ったそばから新しい芽を出して伸びてくるけれど、ヨルも反撃方法を変えていく。まだかろうじて歯をカチカチ言わせている芍薬の茎を拾い上げ、ハエトリ草に向かって持ち上げた。

「まだ食える元気があるなら食ってみろ！」

それで息を吹き返すようなら、剣で斬る。芍薬のほうはどうやれば倒せるかがわかっているから安心だ。太腿くらいの直径をもつ茎を抱えて振り回し、ハエトリ草を威嚇する。

「どうだっ！」

9．星空の下

由上は新しく手に入れた馬で街道を東に向かっていた。ヨルが魔物を狩りに行くとしたら、おそらくこっちだろう。ヨルの身体もだいぶ大人になりかかっていたし、そろそろけんたろうにふたり乗りするのは馬も可哀《かわい》そうだと思っていたところだ。ヨルが早く元の身体の大きさに戻りたがっていたのもわかっている。けれど、追いかけながら少しだけ心が沈んでいた。

——弟妹に会いたいんだろうな……。

元の世界に帰りたくて焦っているのかもしれない。ヨルが会いたいと思うなら願いを叶《かな》えてやりたいが、同時に言いようのない寂しさが胸の中を吹き抜ける。

「……」

ヨルのことが好きだ。本音を言えば、バディとして組んでいた時から彼のことは好きだった。だが会社にいた間、それ以上の関係になろうとは思わなかった。ただ人としてヨルのことが気に入っていて、付き合いたいと思うくらいには好きだけれど、あらゆるリスクを考慮したら、それ以上の関係には踏み込むべきではないという結論に達していた。

けれど、この世界なら話は別だ。

未だに自分の命を狙ってくるような異母兄弟たちもいない。気を使う母方の家とも縁が切れる。近づいてくるひとりひとりの身元を念入りに調査する必要もないのだ。そして隣にいるヨルは、前の世界よりずっと自分のそばで笑っていてくれる。

完全に庇護《ひご》される二歳児を経験したからだろうか、自分が近づいても避けなくなった。屈託なく笑い転げているのを見ると、見ないふりをして心に蓋をしていた気持ちがしまっておけなくなる。

ここでヨルと生きていたい。ヨルをそばに置いておきたい。

本当は、再会してからはこの不可解な世界がどこなのかを追及するのもどうでもよくなっていた。真実がなんだろうが、ここでふたりで暮らしていけるならそれでいいじゃないかとさえ思ってしまう。けれどヨルはそうではないのだ。ヨルが帰りたいと言った時、弟妹よりも遠い位置にいる自分を思い知らされてしまった。

――……当たり前だよな。

肉親の情に敵うわけがない。自分はただの同僚だ。けれどやっぱりいざという時に、自分ではない誰かを選ばれてしまうと残念さが残る。

――仕方がない。

もちろん、もし元の世界に帰る方法があるなら自分も一緒に帰ればいいとは思っている。もしかしたらまたふたりで同じ会社に勤められるかもしれない。けれどそれだけだ。ヨルにとって一番大事なのは弟妹だと知ってしまったし、自分はあの世界に想いを残すような相手はいない。

だから、この世界に残るのもありだなと思っている。

――もともとひとりで生きる気だったんだし、それも悪くないか。

ため息交じりに空を仰ぐと、夕暮れに青い雲が夕陽を照り返して、端がピンク色になっている。少しずつ日が延びていて、暮れなずむ空はいつまでも薄青く明るい。木々の間を斜めに黄金の光が差し込み、まるで絵画のようだ。由上は馬を駆りながらその美しさに目をやり、そして街道のはるか先に、乗り手のない馬のシルエットを見つけた。

「けんたろう？」

呼びかけると、所在なげに項垂《うなだ》れていた馬は、飼い主を見つけて走ってくる。由上は鬣《たてがみ》を撫でてやりながら不安そうな馬に問いかけた。

「ヨルはどこだ？　案内してくれ」

ヒンと嘶いて馬が駆け出す。細い石畳の街道には二頭分の影が伸びた。


「ヨル！」

沈んだ太陽の残光が山の端を照らし、反対側は藍色の夜空に星が瞬き始めている。由上は街道の脇にぽっかりと空いた空間を見つけ、そこで仰向《あおむ》けて大の字になっているヨルを見つけた。

馬を降りて駆け寄ると、ヨルは夜空を映して赤紫になった瞳で笑う。頬が土まみれだ。けれど、身体は明らかに半日前の少年ぽい体格から、成人男性のそれへと変化している。

「へへ……どう？　オレ、元の身体じゃね？」

どうやら、怪我《けが》はしていないらしい。由上は安心交じりの苦笑になる。

「まあな……服と鎧は俺のサイズで頼んでおいたから、ちょうどよかった」

寝転がっているヨルの脇にしゃがみ込んだ。

「ひとりで全部倒すなんて……無茶をする」

「このくらい、全然平気だよ」

あたりには倒された魔物の残骸が残っている。人食い花の系統だ。倒せばそれなりにレベルが上がるのだが、あとで売れるものがないので、商品狙いの狩人もレベルアップを狙う勇者にも不人気な魔物だった。

「すごかったんだぜ、バカでかい歯がある花とか、ハエトリ草みたいなやつとか」

「ああ、やつらは徒党を組むからな」

頭を撫でながら答えると、ヨルは〝なんだ、知ってたのか〟と照れくさそうに笑う。抱き起こそうかと脇の下に腕をやったら、本当にくたくただったらしくて、ヨルはされるがままで目を閉じた。

「悪《わ》り……電池切れなんだわ。もうちょい休ませて」

預けてくれる身体の重みが心地よい。ちょっとかまうと縮こまって構えていた前の世界とは大違いだ。

「ああ、荷物ごと来てるからな。このままここに野宿すればいい」

隣に胡坐をかいて座り、抱き上げかけた頭を腿に乗せてやる。ヨルは目を閉じたまま、気持ちよさそうに寝返りを打った。

腿に添えられる手に二歳児のぷくぷくの指の面影はない。ライフルを握っていた時のヨルだ。

「野宿、いいね……オレ、宿屋に泊まるより野営のほうが好きだな」

無邪気に笑うヨルが好きだ。由上はしなやかな銀色の髪を掻き混ぜながらからかう。

「ハンモックなら、くっついて寝られるからな」

「そんなんじゃないよ」

「じゃあなんだ？」

ぐっと言葉に詰まったヨルに、つい気持ちがこぼれてしまった。

覆い被さるように顔を近づけ、目をぱちくりさせているヨルの唇を塞ぐ。

「！」

想像よりもずっとやわらかな唇。逃げられないように包んだ頬がみるみる熱を持って、ヨルが息を止めて固まっている。由上はゆっくりと唇を離した。

ヨルは、どう反応するだろう。

――ああ。全然わかってないな、これは。

鉱石のような赤紫の瞳を全開にしたまま、思考停止している。可愛いのにおかしくて、ふき出すのをこらえるのが大変だ。反応は二秒ほど遅れてやってきた。

「な……な……な……」

ヨルもかなり見た目はいいほうだ。色恋沙汰は経験豊富だろうと思ったのに、この動揺ぶりはどうだろう。

――男は想定外だったか？

男女問わず寄って来られていると踏んでいたのだが、違ったのかもしれない。由上は初心者向けに、まだ「な」しか言えないヨルへアプローチを変えた。

「何って、口説いてるんだよ」

口をぱくぱくさせているヨルを助け起こす。

「お前、俺のこと好きだろう……」

「……っち……」

「違うのか？」

バディを組む前から、ずっとヨルを見てきた。勘違いでも驕《おご》りでもなく、コイツは自分のことを好きだと思う。

自覚しているかどうかは知らない。けれど自分がヨルを好きなように、ヨルにも好きだと気づかせたい。なんならもう一押ししようかと思ったら、ヨルは顔を赤らめたままモゴモゴと呟いた。

「違わ、ない……」

ふっと笑みがこぼれてしまう。

「ほら、やっぱり好きなんじゃないか」

可愛いヨル……と言っていた王妃の声が甦る。本当にその通りだ。由上は髪を撫でていた指を後頭部になぞらせ、引き寄せてもう一度口づけた。

「……っ……」

ヨルは驚いているけれど、抵抗はしない。そのままもう片方の手でゆっくり背中を抱き寄せると、戸惑いながらもその手が両方の肩を摑んできた。

――ヨル……。

やわらかな唇を唇でなぞり、何度も味わってから顔を傾け、ゆるんだ唇を開かせてより深く口づけた。

ヨルの吐息が、キスのあい間に唇から漏れて頰を掠《かす》める。

いつもより少し高い温度。触れることのなかった粘膜の熱さ。上擦った呼吸も、胸に感じる鼓動の速さも、何もかもがたまらなく好きだ。

「ん……っ……ん」

唇を離さないまま角度を変えながら深く吸い上げる。こぼれる切なげな声に自分の体温も上がっていく。由上は喘《あえ》ぐヨルの唇を離す代わりにその身体を抱きしめ、抑えていた想いを抱擁に込めた。

「よ……しがみ……」

ヨルは瞳を潤ませて首に腕を回してくる。

「オレ……由上のこと……好きだ」

「ああ、知ってる」

子どものようにしがみついてきた背中を、ぽんぽんとなだめて目を閉じた。

「ずっと前から知ってたさ」

だから、ずっと振り向かせたかった。

二歳児のヨルではなく、この大人の姿で。

ヨルを想ってきた年月を振り返って少し感慨に浸っていたのに、本人はなぜかせっかくの雰囲気をぶち壊してくる。

「…………もしかして、これ、死亡フラグなのかな」

「は？」

ヨルはしがみつきながら、本当に不安そうに見上げてきた。

「だいたいさ、幸せマックスになった場合、次の戦闘とかで相手キャラが死んじゃうんだよ」

「……またアニメ設定か」

嘆息したけれど、ヨルのほうは真剣だ。

「この戦闘が終わったら結婚しようとか言われると、だいたいそいつは死ぬんだ」

こいつはけっこうリアリストなのに、どうしてこういうところは〝厨二《ちゅうに》〟のままなんだろう。「まさか由上だけ元の世界に帰るとかないよな……」と真顔で悩んでいるのが不思議でならない。

「オレ、由上に置いていかれるのは二度とごめんなんだけど」

「告白したばっかりなのに、不吉なこと言うなよ」

「で、でもさ……ここまでわりとラノベ展開だったからさ」

「バカ……」

けれどクヨクヨしているヨルも、やっぱり可愛いと思ってしまう。由上は頬にキスした。

「大丈夫だ、そのまま成り上がりルートの小説もあるんだろ？」

「……あるけど」

「俺はイケメン枠だから、だいたいこのまま勝ち上がる。お前を連れて元の世界に戻ってハッピーエンドだ」

「そ……そうかな」

「任せておけ」

抱きしめたままごろりと寝転がった。本当はそのまま押し倒してしまいたかったけれど、まずヨルを安心させてやりたかったし、何よりも、今はただこうしていたい。

「逆転チート展開の漫画でも思い出しておけよ」

「うん……」

笑って背中を撫でたら、ヨルの腕が自分を抱き返してきた。その幸福感を味わいながら夜空を見上げると、プハリーの大群が、まるで青い宝石のように群れを成して渡ってくるのが見えた。

10．アクシデントは突然に

ヨルの頭の中は、容量オーバーでパニックだった。幸せすぎて天にも昇りそうなのだが、予想外のことに驚くのと、その「次」を考えてしまうのと、けれどもったいなくてとりあえず幸福感に浸っておきたいのとが入り混じって大ループしている。

――落ち着け……落ち着け……。

身体は抱きしめられていて、その感覚がクラクラするほど嬉しい。

――由上が、オレを好きって……。いやその前に、オレは由上が好きだったのか。

自分の感情にびっくりだ。指摘されるまで気づかなかった。けれど、そう言われて初めて、自分の感情に納得できた。

好きだったのだ。好きだから隣にいたくて、由上が他の誰かのところに行ってしまうのではないかと焦っていた。同時に、恋しかったという想いがはっきりと自分の中で自覚できて、ヨルはしがみついた腕に力を込めた。

――由上……。

こんな風に触れたかったのだ。やたら二歳児時代に戻りたかったのも、単に由上にくっついていられたからだ。

――やばいわ。嬉しすぎて泣けてくる。

この世界に転生してから、ずっと王子様ポジションで愛されまくりの人生だったのに、まるで独りぼっちでい続けて、初めて抱擁されたかのような幸福感だ。

あのキスに溺《おぼ》れそうだった。

――いや、でもあのキス……。

思い出すとバクバクと心臓が鳴る。ヨルは抱擁したまま止まった由上がその先どうするのか気になって、息を詰めて様子を窺《うかが》ってしまう。

やはり、次は服を脱ぐのだろうか。

――いや、オレ今汗臭いだろうし、ここ、地面だし……。

〝次〟があるのか、今日はここで寸止めなのか。

もちろん、いい歳《とし》なのでそのまま突き進むのもやぶさかではない。むしろさっきのキスで、すでに勃《た》つところは勃ちかかっている。

――……で、でもな………。

我ながらヘタレだとは思うのだが、いきなり次のステージに行くのは、ちょっと決心がつきかねるのだ。

――……ぅぅ。

知識はある。あるというか、むしろどれが正しいのかわからないほど知識は豊富だ。ただ、語学を習得する際、ラノベや漫画を総当たりで手に取ったけれど、手を出さない領域が二つだけあった。

ＢＬとＴＬだ。

ＴＬは試しに読んでみたけれど、あまりノれなかった。そしてＢＬは生々しすぎて読めなかった。

――あの時は、自分が男だから生々しく感じるのかなと思ってたけど……。

今は、違うのだとわかる。ＢＬ本の表紙を飾る男子たちに、自分と由上をどこかで重ねていたから生々しく感じたのだ。

あられもない露出で絡み合う男子たちのイラストを思い返し、ヨルはカーっと頭に血を昇らせた。

――オレ、由上とあんなことをするんだ。

夢想しただけで暴発寸前だ。わりと妄想力は高いほうだと自覚している。

——い、いや、今日急にとかはないだろ。

まだテントも張っていない。ハンモックとか言っていたから、適度に距離のある二本の木を探すのだって時間がかかるかもしれない。

——ハンモックでやるのか？　揺れすぎないか？　いやでも、そもそも………。

頭の中に、由上の低く官能的な声と、悩殺的な唇の感触が繰り返し再生される。もちろん、由上とあんなことやらこんなことやらはしたい。いやらしい想像をするだけで心臓がバクバクする。けれど盛り上がる本能と踏み出せない躊躇《ためら》いで、脳内はやっぱりキャパオーバーだった。

由上がちょっと動くだけで、身体がビクリと固まる。

——いや、今日は……今日のところは………。

ぎゅっとしがみついたまま、ヨルは必死に目を瞑り、寝たふりを決め込むことにした。今日、いきなりというのはハードルが高すぎる。

——オレは寝てます……寝オチしたってことにしてください。

半ば祈るような気持ちで寝たふりをしたら、由上がごろりと仰向けになって、ヨルを上に乗せた。

ぽんぽんと背中を撫でられる。

「そんなに固まるなよ」

——由上……。

どんなに気温が上がっても、夜の地面は寒い。自分が冷えないように抱き上げてくれたのだとわかる。ヨルは目を開けた。

「あの……由上……」

由上を見下ろすという、めったにないポジションで、由上は惚れ直しそうなほど魅惑的な笑みを浮かべている。

「……さ、寒くない？」

出てきたのはとんでもなく間の抜けた台詞だ。けれど由上は手を伸ばして腕を撫でてくれた。

「俺は鎧もマントもつけてるから寒くない」

お前がいるからあったかいしな……と言われて、ヨルはそのままもう一度抱きついた。

「うん、オレ、布団代わりになるよ」

「ああ、そうしてくれ」

頬をつけた胸元は、由上のほうが布団代わりになりそうなほど温かい。ヨルは緊張を解いてそのまま由上に身体を預けた。もちろん、股間は慎重にずらして当たらないようにしている。

――由上……。

緊張するのに触れていたい。

由上の鼓動は穏やかで、それ以上何をするつもりもないのが肌でわかる。まるでラッコの腹の上に乗った貝みたいだけれど、ずり落ちないように抱えてくれる腕のおかげで、安心感が広がる。やがて、由上は目を閉じてしまい、静かな気配になった。

――寝ちゃったのか？

それはそれでちょっと拍子抜けな気持ちもあるけれど、でも由上の体温を好きなだけ味わえるから、よかったような気もする。

「……」

由上の胸に耳をつけたままぼうっとしてしまい、ふと地面に目をやると、青い影が空からオーロラのように降り注いで揺れ動いている。なんだろうと思って視線だけ上げたら、月明かりの中をプハリーの大群が通っていた。透ける身体を通った光が木々の間に差し込んでいる。碧《あお》い光のカーテンで、水底にいるみたいだ。

――綺麗だなあ……。

この世界は、本当にゲームの世界のように幻想的だ。

――由上がいて、好きだって言ってくれて……。

ふたりとも魔物退治で金を稼げる。もう、あとはこの世界で暮らして〝めでたしめでたし〟なんじゃないかとすら思う。戻れなくても、由上と一緒なら全然いい。

けれど、そう思うそばから心のどこかが不安になった。

死亡フラグだと言ったら由上は笑ったけれど、あれは大げさではなく本心だ。

――別に、ラノベの影響じゃないさ。

不幸とかアクシデントというのは、まるで人生の落とし穴のように仕掛けられているのだ。順調に行っていると思ったそばからトラップに落ちる。

――自分でも損な性分だとは思うけど。

うまくいっている時ほど不安が増す。欲しかった由上の隣という場所が、突然奪われてしまうのではないかと考えてしまう。

——悪いことが、起きませんように……。

プハリーを通った光で木々の幹が青く、碧く照らされるのを見ながら、ヨルもまた由上を抱いて眠りに落ちた。


夜明けと同時に、先に剣を構えたのは由上だった。ヨルが気がついた時は、すでに片腕に抱かれて後ろへ飛び退《すさ》っていた。

「よ……」

「離れるなよ！」

由上は左手にヨルを抱え、右手には剣を握っている。自分たちが寝転がっていた地面からは、ぼこっと白い根が土を割って顔を出していた。

——あの魔物……。

全部退治したと思っていた。けれど文字通り根こそぎ斬らなければ、植物は復活してしまうのだ。太陽が昇り出している。まだ山の向こうが明るいだけだけれど、間もなく陽が差し込むだろう。植物は、わずかな光を糧に復活しようとしているらしい。

——オレの剣は……。

由上だけに応戦させるわけにはいかない。自分も戦おうとして、剣がないことに気づいた。由上は地面からぼこぼこと湧き出す白い根を薙ぎ払っている。

「お前の剣が食われてる。やつら、金属もいけるらしい……油断したな」

「え……」

はっと目をやると、白い根の向こうに昨日退治したはずのハエトリ草の一つが復活していた。咬み合わせた棘の間から、剣の柄が見える。

「マジか……」

「思ったより悪食なんだな、食えるものはなんでも食って再生するのかもしれない」

――あれ、高かったのに……。

というより剣がなければ丸腰だ。由上は自分を抱えながら退路を確保し、街道のほうへと下がり始めている。

「地面を掘り返してまで根絶させる義務はないからな。撤退だ」

「うん！　けんたろうたちを連れてくる。背中側をカバーしてくれ」

「わかった！」

由上の腕を一つ叩いて、自分が離れる合図をする。由上も伸び上がってくる根とハエトリ草から目を離さないまま頷いた。

馬たちは怖がって、幹に結《ゆ》わえた手綱を引き千切りそうなくらい引っ張っている。ヨルは根を避けて姿勢を低くし、一気に馬のところまで駆けた。背中は由上が守ってくれる。自分は、視界に入る範囲だけを警戒すればいい。

「よしよし、今外すからな」

怯えた馬の首を撫で、急いで二頭の手綱を外した。幸い、ごろ寝だったから荷を外さないままだ。けんたろうに飛び乗って、由上の元に戻ろうとする。新しい馬は何も指示せずとも追いかけてくる。

「よしが……っ……‥…」

――由上……っ。

身体がビリっと緊張して、目の前の光景が怖いほどスローモーションになった。

由上が剣で左右からくる根を薙ぎ払っている。自分は真っすぐ由上のところへ戻ればよかった。馬の足ならたった三歩だ。けれど由上の右後ろで、ヨルの剣を飲み込んだハエトリ草が躍り上がっている。斬られた蔓の先を地面に立て、根もないのにそいつは自立して確実に由上を狙っていた。後ろ……という言葉が間に合わない。ヨルは目で由上に伝えた。

由上が右側の根を斬り、そのまま身体ごと反転させて斜め後ろで襲いかかろうとしているハエトリ草を見上げる。剣先は確実に復活した葉の部分を狙っていて、由上もヨルも大丈夫だと思った。大丈夫だ、倒せる。こいつはすでに蔓の部分を斬られたやつだから、もう一度葉を真っぷたつにすれば死ぬはずだ。

由上の剣が斬り上げる瞬間まで、そう思っていた。だから、斬られた葉から血が噴き出すように粘液を吹きかけてくるとは想像していなかった。

透明な、接着剤状の液体が由上に向かって飛ぶ。由上は咄嗟に目を瞑ったけれど、一部にそれがかかった。

液体なら、かかるだけだ。けれどそれは由上の眼鏡を取り上げた。

――え……。

まるで投網のようだ。粘性のあるそれは長く伸び、半分に千切れた葉が眼鏡を口に放り込んでいる。

ヨルは背筋をぞわりと粟立てた。

不幸が真っ暗な落とし穴のように口を開けている。一番当たりたくない展開が目の前で起きている気がして総毛だった。

「由上っっ！」

駆け続ける馬上で由上の身体を掬う。由上も剣を逆側に向け、走り抜けざまに伸びた透明な液体を斬った。

だが、かろうじて由上の身体は掬い上げられたものの、剣は透明な液体にくっついてしまった。そしてハエトリ草の棘の間から、紫色の細い触手のようなものが伸び、剣を巻き取って口に入れている。

――昨日のムスカリ……。

やつらは、共生したのだ。人間や剣は食うだけかもしれないが、同じ植物同士は融合できるのかもしれない。昨夜は棘が接着してあれほど暴れていたのに、スズランが出した粘液はもう身体の一部のように自在に操れている。

ヨルは剣を諦めた。今は逃げることが先決だ。由上を片腕に抱え、全速力でハエトリ草の脇を駆け抜け、街道を街のほうへと進む。もう一頭の馬は、ついてきてくれることを願うだけだ。

「由上……大丈夫か？」

どうにか由上を自分の前へ座らせた。背後ではまだ巨大な植物の動く音がしているけれど、追ってこられるほどの能力はないらしい。だんだん音が遠ざかっている。後ろの馬も無事だ。

むしろ由上のことが心配でならなかった。怪我はなさそうだが、振り向いてこない。

「由上……」

「ああ、大丈夫だ……ちょっと」

顔を覆うような仕草をしている。どうして振り向いてくれないのだろう。沈黙した一瞬が嫌になるほど長くて、馬は走り続けているのに時が止まったみたいだ。

「……目が、開かないだけだ」

「え……」

ぱっと由上の肩越しに顔を近づけた。どこにも血は流れていなかったけれど、額から目の下あたりまでが、透明な何かで覆われている。まるでプラスチックのカバーをつけられたみたいだ。

――さっきの……。

「固まったらしい」

由上が指先で叩くと、コツンという硬い音がする。

――そんな……。

眼鏡のない由上の顔は見慣れない。けれどそれ以上に、閉じられたままの瞼《まぶた》を見て、ヨルは言葉を失った。

鎧と服を発注した店がある宿場町へ戻り、とりあえず宿を取った。荷物は宿屋の下働きに運ぶのを頼んで、医者のいる場所を教えてもらう。そばかすの少年は往来の向こうを指さした。

「左側を見ながら行くと薬屋の看板があります。そこにいますよ。この辺の医者はみんな薬屋と兼業なんです」

「そうか。ありがとう」

言われた通りのところへ馬をやると、薬屋の看板が見えた。丸薬のマークだ。

――あれ？

武器商人が見せてくれたコジモ銀行の証文が、似たような紋章ではなかったか。ヨルは考え込んだが、まず由上の診察が優先だ。

「降りられるか？　由上」

自分が先に降りて由上の身体を抱き取り、肩を抱えながら歩いて医者に診せた。白髭《ひげ》に白髪の医者は、経緯を説明するなり〝魔物の怪我は専門外〟と言って手を振る。

「くっついているだけなら、いずれ皮膚の代謝と一緒に剝がれるでしょう。しばらくの辛抱です」

「そんな、呪いとか毒の成分とかがあったらどうするんですか」

医者は真顔だ。

「呪いなら医術では治せませんし、毒が入っていたら、ここに来る前にとっくに死んでいるでしょう」

魔物は人を捕食したいだけなのだから、毒があるならその場で動けなくなる即効性のはずだと断定されてしまった。確かに、理屈は通っている。

「しばらく養生されるんですね。湯治などもお勧めですよ」

この辺ならバーニ・ヴェッキなんかが近い、と医者が言って、由上がそれに反応していた。

「バーニ・ヴェッキまでは、ここからどのくらいですか？」

「馬なら二日もかからず行けます。皮膚の新陳代謝を促すのにもちょうどいい」

気休め程度の軟膏《なんこう》を渡され、しっかり代金だけは取られて帰される。がっかりだったが、宿屋の階段を上っている時に由上が呟いた。

「思ったより東に逸れて進んでいたんだな」

「……場所がわかるのか？」

「ああ、わりと有名な温泉地だ」

意外にも、イタリアには温泉がたくさんあるらしい。

「知らなかった……温泉て日本にしかないのかと思ってたよ」

「古代ローマ時代から人気だ。ヨーロッパもけっこうあちこちに湯が湧いているぞ」

どちらかというとオーストリア寄りのイタリア北部なのだそうだ。由上が目指していたローマは、長靴状のイタリアのちょうど真ん中に位置するから、確かに左側に進路がずれている。

ふたり分のベッドがある部屋に入り、由上を支えながら片方のベッドの縁に座らせた。安宿だから、椅子なんていう贅沢《ぜいたく》なものはない。

「どちらにしろ、お前の鎧ができあがるまでは動けないし、剣も調達しておかないといけないからな。

しばらくはここに逗留しよう」

いつもと変わらない口調の由上の前で跪《ひざまず》いた。由上の腿に手を置きながら謝罪する。

「ごめん……オレのせいで」

自分がもっとちゃんと魔物を倒しきっていたら、由上はこんな目に遭《あ》わなかった。植物なんだから根があるのは当然なのに、安全確認を怠ってしまった。

「お前のせいじゃないだろ」

由上が両肩に手を置いてそう言ってくれる。でも、透明な液体に固められた両目は閉じられたままだ。ヨルは申し訳なさに首を横に振った。

由上の、穏やかな声が諭す。

「責任という意味なら俺も同罪だ。魔物のすぐ横で地面にごろ寝なんて、危険なことをしたんだからな」

「由上……」

「大丈夫だ。眼球に損傷があるわけじゃない。医者も言っただろ？　接着剤ならそのうち剝がれる」

「……」

「心配するな」

笑ってくしゃくしゃと頭を撫でられ、ヨルは頷いてみせるしかなかった。

一番大変で不安なのは当事者の由上なのだ。自分がくよくよして由上に負担をかけてはいけない。

「うん……オレ、剣と食料を調達してくるよ。ついでに、由上の眼鏡も作り直さなきゃ」

フレームは前の世界でかけていたやつと似ていた。度数なんか細かく調整できるのかと思ったら、あれは特注品だったのだそうだ。

目を閉じたまま、荷物を入れた麻袋を指さす。

「荷物に設計図が入ってるはずだ。素材とかデザインとか細かく指定したやつだから、あのまま作ってもらえばいい」

麻袋を漁ると、革手帳みたいなものの間に図案が挟まっていた。

「これ？」

見えないだろうけれど、触って確認してもらう。実寸でこと細かに幅やカーブの角度まで書き込まれていて、これならどの時代の人でも現代風に作れるだろうと思う。

「鎧を作ってる鍛冶屋《かじや》に頼めばできるはずだ、伊達だからレンズも入ってないしな」

「さすが……オシャレな奴はこだわりが違うな」

異世界に来ちゃったんだから、あるもので生活……ではないのだ。感心したら由上が笑った。

「言っただろ？　俺は好きなものしか食わないし、好きなものしか手にしない」

なるほど、と思ったら額に接吻《せっぷん》される。唇の感触に、ヨルはみっともなく狼狽《ろうばい》して後退《あとずさ》った。

「な、っにすんだ」

不意打ちに顔が赤らむ。由上は目を閉じているくせに、察したように唇の端を上げる。

「好きなものだからな」

――オレが……？

どうしてこう、由上は歯の浮くようなことをさらりと言えるのだろう。でも、聞いてしまうと心臓が鳴るばかりで、反抗できない。それどころかその感触をもう一度与えてほしくて、赤面したまま見つめてしまった。

「……よ……」

なんて言えばいいんだろう。もう一度キスしてくれだなんて、恥ずかしくて単語を考えただけでも顔に火が点く。

「お前が無事でよかった」

——由上……。

いつの間にか両腕を摑まれていて、竦《すく》めた肩ごと引き寄せられている。近づいてくる由上の顔を見ていられなくて、ヨルはぎゅっと目を瞑った。

ちゅっと耳に淫らな音が響き、唇の感触に蕩けてしまう。

——うわあ……。

そのまま確かめるように指で腕から肩をなぞられ、頭を抱かれて耳元で囁かれる。

「どこも怪我はないな？」

「うん……」

その代わり、心臓が爆発しそうだ。

「気をつけて行ってこいよ。俺は大人しく留守番している」

「……ぅ、う、うん」

耳朶《じだ》に由上の吐息を感じて、腰砕けになりかけた。返事をした自分の声がみっともなく甘く掠れて、びくっと震えたのも隠せない。

——やばい。どうしよう……。

こんな事態なのに、ドキドキして心が浮《うわ》ついて止まらない。

「あ、あのさ……眼鏡を発注しに行くのは、明日にしようかな……」

このまま離れるのが嫌だ。笑われてもなんでもいいから、こうやって由上とくっついていたい。すごく恥ずかしいおねだりだったけれど、由上は極上の微笑みを返してくれた。

「ああ、そうしよう。急ぐことはない」

由上が背中を抱えたままごろりとベッドに倒れ込む。嬉しくて心臓が鳴る。

「うん……」

ふたりでいつまでも互いの身体をなぞり合い、そしてやわらかいベッドの心地よさに引き込まれていつの間にか熟睡していた。


実際、由上を世話する生活は楽しくて仕方がない。

「由上、朝メシ持ってきたよ！」

「ああ」

片足で扉を開け、ふたり分のトレイを持って由上側に寄せてある丸テーブルに置く。寝起きの由上は髪がぐしゃぐしゃだが、それでも格好よく見えるのだから、さすがイケメンだ。

「パジャマ脱いどいて」

伸びをしながら生返事をした由上が、手櫛《てぐし》でざっと指を通すと、くせ毛の黒髪は綺麗にウェーブして顔回りを飾る。上着を脱ぐとなめらかに隆起した胸板と割れた腹筋、引き締まった腰へのラインが目に飛び込んできて、ちょっとどきっとする。

「はい」

「ありがとう」

シャツを手渡すと、由上は目を閉じていても上手に着替えてボタンを留める。でも少しだけ裾が飛び出ていたので、ヨルが直した。

「裾、出てるから」

「ああ」

腰の後ろあたりだ。反対側に回ってズボンに突っ込めばいいんだろうけれど、ヨルは抱きつくように正面から手を回して裾を入れ直した。自分でも口実をつけて由上に触りたいだけだとわかっている。目の開かない由上を世話するという名目があるのが嬉しい。当の由上にも見られてはいないという気のゆるみが、余計自分を大胆にさせた。

朝食はふかふかの丸いパンにソーセージと目玉焼き、ミルクに、くし切りしたオレンジだ。

「はい、口開けて」

朝食のパンを千切って由上の口元に近づける。由上はちゃんと片手でトレイを探り、ミルクが入ったカップを手に持っている。自分で食べられるのだろうけれど、指示通り口を開けてくれた。

「焼きたてを買ってきたんだ。どう？」

「ああ、けっこういい味だな」

「へへ……」

下は酒場だから、朝っぱらからパンは焼かない。前日の残り物の硬いパンを由上に食べさせるのが嫌で、ヨルは朝市に行って調達してきたのだ。

――目が見えないんだから、せめて食事くらいおいしいのを食べてほしいしさ。

「立場が逆転したな」

苦笑する由上に、ヨルも匙で食べさせてもらっていた頃を思い出して笑う。

「あの時さ、オレはちんちくりんの姿を見られるのが恥ずかしくてやだったんだけど、由上はやたら楽しそうだったじゃん？」

笑われている気がしてならなかったのだが、今はわかる。

「実際にやってみたら、気持ちがわかったよ」

「ん？」

大人しく口を開けてくれる由上にオレンジを食べさせる。ついでに悪戯のように上唇をめくり上げた。由上はされるがままで、セクシーな唇が指に触れている。

「なんか、あれこれやってあげるのって、楽しいんだな」

どこへ行くのでも手を引くか腰に腕を回して誘導する。着替えや洗面を口実に顔でも身体でも触り放題だ。嬉しくてにやけてしまう。本当に笑いながら言ったら、由上も目を閉じたままヨルを見た。

「実は俺も楽しい」

「ほんと？」

「お前に触られ放題で、見えなくなったのも役得だなと思う」

伸ばされた手が頬を包む。ヨルもその手を上から包んだ。

――よかった……。

アクシデントを招いてしまったことを申し訳ないと思っていた。禍福があざなえる縄のようにセットでやってきたのだと思っていた。けれど、違うのかもしれない。

――由上の言う通り、イケメン枠だと、なんでもハピエン方向に進むのかも……。

自分のネガティブな考えを、由上のパワフルな思考が軌道修正させてくれる。不運のように思えたことも、こうやって堂々といちゃいちゃできるのだから、むしろ幸運だろう。

「眼鏡も鎧も、明日にはできあがるんだ」

もう新しい剣も買い揃えてある。ちょっと懐は寂しくなったが、国王夫妻が持たせてくれた潤沢な資金のお陰で、贅沢をしなければまだまだいける。

ヨルは由上の唇の端についたパンくずを指で払いながら相談した。

「湯治に、行こうか……そのナントカっていうところに」

「遠回りになるぞ」

馬なら目が見えないままでも乗れる。旅をしていればそのうちこの接着剤は取れると由上は言う。

早く元の世界に帰りたいんだろう？　と聞かれて、ヨルは首を横に振った。

「そういうわけじゃない……由上のほうが大事だ」

　早く見えるようになったほうがいいし、そうでなくても温泉地なら身体を休めることができるだろう。ヨルは由上の傍《かたわ》らに立ったまま、その頭を抱きしめた。

「温泉も、楽しそうじゃん？　オレは地元が温泉地だったからさ、風呂好きなんだよね」

　由上が笑っている。

「じゃあ、のんびり逗留するか」

「うん」

11．三十過ぎたら、魔法使いになれるやつ

　翌日、鎧と服と眼鏡を受け取ってきて、ヨルは旅支度をまとめた。けっこう長逗留したけれど、明日の朝には宿を引き払う。

　夕食のトレイは一階の酒場に戻した。階下のにぎやかさはぼんやりと伝わってくるけれど、煩くて眠れないというほどではない。由上のほうのベッドに背をもたれかけて麻袋に携帯品を詰めていたら、ふいに頭に由上の手が乗った。見上げると、ベッドに座っている由上が物問いたげな顔をしている。

「本当に、先を急がなくていいのか？」

　弟妹に会いたいんじゃないのかと言われて、言葉に迷う。

――由上は、ずっとオレの言葉を気にしてくれていたんだ……。

「オレんちは……六人きょうだいなんだ」

今どきにしては多いほうだ。

「ばあちゃんに育ててもらったんだけど、ばあちゃんはオレが十四の時に死んじゃって」

母が亡くなってから四年後のことだった。当時、一番下の双子は五歳で、義務教育中の自分がひとりで手に負えるような環境ではなかった。

「親戚はわりといい人たちが多くて、そんなに余裕があるわけじゃないのに、施設にはやらずに、きょうだいを引き取ってくれた」

けれど、ひとりずつバラバラになった。それは仕方がないと思う。どこも実子がいる家庭で、まとめて引き取れるほど豊かではない。自分も大叔父《おおおじ》の家に引き取られた。

「妹も弟も、みんな新しい家族のところで幸せにやってる。でもこの先もしかしたら、あいつらも東京の学校に進学したがるかもしれない……そう思って」

上京してから、給料が上がるように一生懸命資格を取った。少しずつ払える家賃を上げていって、六畳一間から、三部屋ある物件に引っ越した。

由上は黙って聞いてくれている。ヨルは、自分の表情は見えないとわかっていても俯いた。

「部屋数の多いところに住んでおけば、誰かが上京した時、住まわせてやれるかもしれないじゃん?」

自分だけの、勝手な願望だとはわかっている。彼らにも彼らの人生がある。養家先はそれなりに血が繋《つな》がった親族だし、小さい頃に引き取られた弟妹たちからしたら、そちらのほうがずっと〝家族〟

だと感じられるだろう。

「ヨル……」

ヨルは由上の足元に寄りかかった。泣くほどの寂しさはない。

「でもちゃんとわかってるんだ。もう一回みんなで一緒に暮らせるかもしれないっていうのは、幻想なんだって……」

みんなで肩を寄せ合って暮らした祖母の家はもうない。

自分は、もう戻れない子ども時代を引きずっているだけだ。もし東京に弟妹が来ても、全員が揃うことはないし、離れていた年月分、他人になってしまっているだろう。

——それに、みんな揃っても、ばあちゃんはもういない。

縁側を兼ねた廊下に座って、孫たちをうちわで扇いでくれたあの祖母はもう戻ってこないのだ。

母も祖母も、ある日突然この世を去った。あれほど煩かったきょうだいたちとの暮らしは、たたみかけるような葬式とともに終わってしまった。

辛い目に遭ったことはない。親戚たちはみな慰労の言葉をかけてくれたし、引き取られた大叔父の家では、待望のひとり部屋を与えてもらった。きっと、望めば高校から先の学費も工面してくれただろう。ただ、自分が言い出せなかっただけだ。

由上の太腿に頭を預ける。彼の足元に蹲るこのポジションが好きだ。

「あいつらには会いたいし、九州に戻れたら会える。でも、それだけなんだ……」

どんなに懐かしんで思い出話に花が咲いても、彼らはそれぞれの家に帰るだろう。もう、同じ屋根の下で暮らすことはない。

「ごめん。オレが会いたいなんて口走ったから、気にしたんだろ？」

由上は、少し考えてから口を開いた。

「それでも、会いたいと思ったなら、会っておいたほうがいい」

「……うん。戻れたらね」

そう言ってからヨルは笑った。

「由上と一緒に行くなら、会いに行ってもいいかな」

「九州にか？」

「うん。別府《べっぷ》なんだ。泉質はすごくいいよ」

湯量が豊富だから、だいたいどの家にも源泉が引き込まれている。ヨルは東京で初めて味わった〝硬いお湯〟のシャワーに辟易したことを、笑いながら話した。

「きっと由上も気に入るよ。きょうだいに会うのは、そのついででいい」

「優先順位が低いな」

「オレ、由上と一緒にいるほうが大事だもん」

「そうか……」

膝に頭を乗せたまま甘ったれたことを言ったら、由上が抱き上げてくれた。

――わ……。

なんだか、由上が嬉しそうだ。

抱きしめられながらふたりでベッドに転がって、ヨルは心拍数を上げる。

——いや、でも今由上は目が見えないし……。

だから、何も起きないはず……と自分に言い聞かせた。大丈夫、もしセックスするとしても、今日ではない。

だが、背中をなぞった手はシャツの裾から内側に進入し、反対側の手はズボンのウエストから尻へと伸びていく。

——わ……わ……。

肌を確かめるように、指が官能的な愛撫《あいぶ》を施す。ただ触れられているだけなのに、ヨルは息を上擦らせた。

「よ……由上」

「ん？」

どうした？　と問い返す声は耳元でしてくる。耳たぶに軽く触れた唇が、そのまま首筋をなぞっていき、ヨルはゾクゾクと腰まで震えてしまう。

「ちょ……あ、の」

なぜ触るのかなんて、バカげたことを聞けるはずもない。

「嫌なのか？」

ふるふると首を振った。

「だよな」

頬が熱い。

「感じてる風なのに、お前はいつまでも誘ってこないからさ」

——オレからなんて、できるわけないだろ————っ。

「溜《た》まってるんだろ？　この前も勃ってたし」

あれもバレていたのだ。ヨルはしどろもどろで言い訳した。

「で、でもその……由上は、まだ……目が……」

「見えないんだから、むしろ触って確かめるしかないじゃないか」

——そうなんだけど……。

さすがに手慣れている。首筋を伝わっていた唇が肩の窪みあたりに来たなと思ったら、ズボンを腰のあたりまで引き下げていた手が上がってきて、するするとボタンを外し始めた。

——本当に、今日やるのか？

心臓がバクバクしてくる。身じろいだら、由上が唇を離して苦笑した。

「なんだよ。いつもベタベタしてくるくせに、今さらかしこまるな」

「うん……」

緊張しているだけなのだが、由上はまた昔のようにかしこまっただけだと受け取ったようだ。ビビり上がっているのに気づかれないのはありがたいけれど、当たり前のように抱き合う流れになっていくのに、覚悟が決まらない。

「一応、確認なんだが、俺が抱くってことでいいか？」

「え、い、オレ？」

思わず声がひっくり返ってしまい、由上に笑われてしまった。

「いや、どうしても逆がいいというなら考えなくもないが」

どうなんだと聞かれても、何も言えない。

――いや、どっちがとかいう以前の問題で……。

心の中で突っ込みを入れて黙ったら、由上は何かを察したらしい。手を止めた。

「男との経験がないんだよな？」

「……うん」

「女は？」

ここで見栄を張るべきか。

――でも、嘘ついてあとで赤っ恥かくのも……。

うっかり逆バージョンでもいいと言われてしまったら、とても騙しきれない。白旗を上げる気になったが、それより先に由上が口を開いた。

「まさか……お前、童貞なのか？」

「……っ」

――言い方！

もうちょっとオブラートに包んでもらえないものだろうか。確かにその通りなのだが、言われる側はだいぶメンタルを抉《えぐ》られるワードなのだ。

「嘘だろ……」

――本当なんだよ。

由上は唖然《あぜん》とした声を上げている。ヨルはおそるおそるシャツの前を掻き合わせて起き上がり、正座で白状した。こうなったらもう、正直に言うしかない。

「見た目がこれだから、寄ってくる人たちはみんな期待値が高いんだ。遊び慣れてるんだろうと思われて……でもオレは経験がないから、テクニックがなくてがっかりされそうで、全部逃げちゃって」

負のループだ。未経験だから女性を避ける。避けるからいつまで経っても経験を積めない。そして年々ハードルは上がる。もう今さら未経験ですとは言えない。

「……」

「……ドン引きだろ」

まだ十代ならそういうこともあると思う。だが二十代も後半だ。

ラノベ界には、〝三十まで童貞を守り通したら魔法使いになれる〟という伝説がまことしやかに囁かれている。それが本当なら本願成就まであと一歩だ。

――なんか、ごめん。

気まずくて、ヨルはそっとベッドを出ようとした。だが由上は慌てて起き上がり、抱きしめてくる。

「言ってもらってよかった。さすがに気づけなかった」

これは〝よかった〟ことなんだろうか。

「目が見えるようになるまでお預けだな」

顔も見れないままやるなんて、もったいないとまで言われてしまう。

「そういうのは大事にしたほうがいい。〝初めて〟は人生で一回しかないからな」

「……大事にしすぎて、魔法使いになりそうだったんだけどね」

「なんだそれは」

「……なんでもない」

また漫画かと笑われたけれど、救われた気持ちだ。

――そうだよな。告白してもらったんだから、魔法使いとか言ってる場合じゃないだろ。

ここで逃げたら一生童貞のままだ。ヨルは両手で由上の胸を押して離れ、一つ息を吐いた。

「オレは、人生で後回しにしてきたことが多いんだ。勉強もそうだし、色恋沙汰もそうだし」

祖母と弟妹の世話に追われて、経験していないことがたくさんある。人より周回遅れの人生なんだから、語学の時みたいに、今から遅れを取り戻さないといけない。

ヨルは三つ指をついて頭を下げた。

「あの……超初心者なんだけど、頑張るのでよろしくお願いします」

ちゃんと礼を正したのがおかしかったのか、由上はいつまでもくっくっと笑っている。

「笑うなよ。人が真剣に頭下げてるのに……」

「悪い……そんなのも努力なのかと思うと……っく……」

笑っていたけれど、すごくやさしく抱きしめ直してくれた。

「お前の大事な初夜だからな。俺も肝《きも》に銘《めい》じる」

どうやら、魔法使いにだけはならずに済むらしい……とヨルは密かに息を吐いた。

翌日。温泉地に向かう道中、ヨルは己の散々な女性遍歴について告白した。まだ目が開かない由上を先導するため、由上を乗せたけんたろうの手綱は、こちらの鞍に連結してある。縦列で顔が見えないのも、気楽な告白を助長してくれた。

「最初のトラウマは、小一の時のバレンタインだったんだ」

馬は石畳をカッポカッポとゆるく進む。青空は雲一つなく、石畳には両側から張り出した新緑の枝葉が影を作っている。情けない思い出を話すにはやや眩しすぎる景色だったが、旅の長話にはもってこいだ。

「クラスの女子がさ、大群でチョコを持って詰め寄ってきたんだよ。〝もらって〟って」

豪華なリボンのかかった高級チョコレートに心が躍った。普段の慎ましやかな暮らしでは、見ることもないブランドばかりだ。ヨルは言われるままにそれを受け取り、喜んで持ち帰った。

「オレはさ、チョコを受け取ったら、ホワイトデーにお返しが必要だってことを知らなかったわけよ。そんで、お稽古《けいこ》バッグいっぱいにもらってきたチョコを見て、ばあちゃんが〝お返しが大変だ〟って頭を抱えて……」

最初はなんのことだかわからなかった。ただ単純に、弟妹と一緒にカラフルで可愛いチョコレートを頬張った。

「ホワイトデーの前の日に、ばあちゃんからきっちり人数分のお返しを持たされて、必ずもらった子に渡すんだよ、って言い含められて、それで初めて、『チョコはタダじゃない』ってわかったんだ」

高級なチョコレートには、高額なお返しが必要なのだ。駄菓子のチョコが基準という家からすると、だいぶ負担が大きい金額だった。だから、翌年から二月十四日は必ず学校を休むようにした。

「それでも家まで押しかけてこられてさ。どうしても受け取ってくれって……また、そういうやつに限ってすんごいブランドチョコなのよ」

持ってくる女子のことより、お返しばかり気になって、そこから女子の告白はすっかりトラウマ化してしまった。

「バレンタインじゃなくてもさ、告白されてOKするとデートに連れてけとか言われるんだ。でもオレはこづかいもらってなかったから電車にも乗れないし、そうなると田舎だから商業施設にも行けないわけよ。放課後どこかに遊びに行くんでも、保育園のお迎え時間に間に合うようにしなきゃいけなかったし……」

そんな貧乏くさい理由で、逃げ回ってばかりいた。それでも次々と〝付き合って〟と迫られるので、女子を見るだけでも恐怖だった時期がある。近寄られるたびに顔を引きつらせているうちに〝怒っている〟とか〝不愛想〟というレッテルを貼られた。

後ろで聞いている由上は笑っている。もちろん笑ってもらいたいのだが、そんなにウケるとそれはそれで気持ちは複雑だ。

「笑いごとじゃないんだぞ。卒業でもないのに学年が変わるたびに制服のボタンを全部取られて、その頃は親戚ん家に引き取られてたから、ボタン買いたいとか言えないし」

「どうしたんだ？」

「上着全開で過ごしたよ。あとジャージ」

「大変だったな」

そう言いながら笑ってる。

「おかげで不良呼ばわりされるし、上の学年には目をつけられるし、さんざんだったよ」

でも、由上に話せるのは気が楽だ。これでヘタレだとばれないか、ビクビクしなくて済む。

「由上は余裕の人生だったんだろうけどさ」

「まあな」

ちょっと振り返る。確かにこいつはどんな美女が寄ってきても、思い通りにあしらえるだろう。

「……モテまくりだったろ？」

「まあな」

「初体験、いつ？」

中学生みたいなことを聞いてしまった。由上は〝ヒミツだ〟と笑った。

「いいけどね。でも、オレばっかり暴露して、なんだかな……」

目を閉じたままの由上は、澄ました顔をしている。

「俺の兄弟は五人だ。お前よりひとり少ないな」

「へぇえ。何番目？」

「三番目だ。ど真ん中で、唯一の婚外子だ」

——……。

さらりと、由上はすごい告白を始めた。

「俺の父親はいわゆるイタリア・マフィアだ。上に兄、下に弟がふたりと妹がいるが、全員母親が違う」

「え、マ……」

昔はマフィアと呼ばれていたけれど、今はすべて株式会社の形をとっていると由上は言う。けれど、社会への経済的な影響力はむしろマフィア時代よりも強く、しかし今も家族の結束には昔ながらの血が重んじられているので、ややこしいらしい。

——昔、由上を〝イタリア・マフィアの後継者みたいだ〟って思ったけど……。

みたい、どころではない。本物だ。ヨルは馬上で後ろへ身体をひねりながら、目をぱちくりさせていた。

由上の母親は、イタリアに語学留学した際、マフィアの若きドンだった父親と恋に落ちたのだという。

「すでに長男を産んだ最初の妻は、のちに後妻となった女の一族に消されている。まして東洋人の娘だからな、ドンも危険だと踏んだのだろう。田舎に隠した」

日本の実家は大反対だったが、トスカーナ地方のある場所に匿《かくま》われて子を産んだ。由上のことだ。

その間も跡目を巡って妻側の一族は抗争が絶えず、いつ名前が浮上するかわからない東洋人のハーフの子を巡っては、抹殺命令が何度も出たらしい。

「ドンも懸念して日本人の護衛をつけていた。俺が基礎を教わったのは、その人からだ」

――だから、あんなにすごい成績だったのか……。

何歳からだかわからないが、実戦経験に基づいた能力なのだ。〝訓練〟しかしたことのない連中とは、対処の仕方が違うのだろう。

結局、抗争でドンが亡くなり、由上の母親は庇護者を失って抗争の犠牲になった。護衛が命懸けで由上を連れ、日本まで逃げ切ったのだという。母方の実家も世襲系代議士の一族で、祖父は大臣経験者らしい。すごい血筋だ。

「俺が五歳の時だ。そこから十歳まで日本で暮らした」

だからあまり日本文化に馴染みがないんだと笑って言われたが、ヨルは言葉が出ない。

由上は誰とでも社交的に付き合い、明るくて人望もある。誰も、彼にそんなハードな生い立ちがあるとは思わないだろう。

――でも、だからこそ、由上は笑うのかもしれない。

好きなものは、一番最初に食べると言っていた。いつ殺されるかわからない人生で、〝あとで〟があるという保証はなかったのだ。

「ごめん……なんか、踏み込んだこと話させちゃって……」

誰も、この経歴は知らないはずだ。由上が死んだと聞かされた時も、同じチームの仲間が由上の関係者を洗ったが、こんな血縁関係は出てこなかった。きっと、慎重に隠していたのだと思う。バレンタインのチョコがどうとかいうレベルと一緒にする話ではない。

神妙に謝ったら、由上は軽く笑みで流した。

「もしあのまま一緒に仕事を続けていたら、いずれお前には言おうと思ってたんだ。気にするなよ」

「……どうして」

「バディだからさ」

由上はこともなげに言った。街道沿いの木々の間を、虹色の尾を引いた鳥がばさっと飛び立つ。

「父方のほうは、もう長兄に代が替わっている。だから俺は関係ないと思うんだが、向こうは俺が生きているだけでも不安の種らしくてな。警備の仕事を選んだのもそれが理由だ。自分の守備と実益を兼ねて、堂々と警備の厳しい環境にいられる」

要人の警護をしていれば、怪しい人間は由上にも近づけない。

異母兄弟たちは、まだ諦めていないのだという。

「俺を抱き込めば、母方の一族のこともあるから日本に影響力を持てる。だから懐柔にかかってくる兄弟もいるし、それを阻止しようとする兄弟もいる。迷惑な話だが、あちらの世界では最後までそういう心配があった」

だから、この世界に転生して、かえってせいせいしたんだと破顔する。

――そうか、それでなんとなく楽しそうに見えたのか……。

不思議だったのだ。普通の人なら、もう少し元の世界に未練とか出ると思う。自分でさえ、長らく会っていない弟妹への想いが甦ったのだ。けれど、由上はむしろ異世界のほうが心が安らぐほど、前の世界がハードだったということだ。

由上の表情が、少し引き締まった。

「今の状況は、本当に死んだわけではなく人工的な空間にいるだけなのかもしれない。この原因が異母兄弟たちの仕業だとは思えないが、万が一ということもある。だからお前には話しておきたかった」

「……うん」

もし、本当に由上の異母兄弟たちが命を狙っていたのだとしたら、会社の「殉職」という発表だって疑わしい限りだ。イタリア・マフィアの息がかかっていたら、どんな虚偽報告だってする可能性はある。

――実際、オレたちは死んでなさそうなんだし……。

そういう事情を聞いてしまうと、ますますここが単純な異世界だとは思えなくなって、ヨルは気を引き締めた。

「教えてくれて、ありがとう」

事情を知っていれば、何かのサインや兆候を見つける確率が上がる。

――それを辿れば、もしかしたら、本当に元の世界に戻れる手段があるのかもしれない。

のどかな街道を馬に揺られながらそう思っていた時だ。温泉地まで続く一本道の右脇から、ぬっと白い何かが見えた。半透明な白い棒のようなものだ。人の腕くらいの太さで先端が細く、魚を釣る竿《さお》のようにしなっている。

「？」

「どうした？」

「……何かいる」

馬を止めないまま、ヨルは声を潜めて警戒を促す。由上も見えないまま気配を探っているようだ。

街道の両脇は木々が連なっている。左側はゆるい斜面が山頂へと繋がっていて、右側は下りの斜面だ。緑のこんもりした起伏は隣の山まで続く。

獣が隠れるにはうってつけの場所で、魔物が潜んで旅人を襲うにもちょうどいい。ヨルは馬の首をひと撫でしてそのまま先に進ませながら、自分はするりと下馬した。

「ヨル」

「大丈夫だ、背後を守る。このまま先に行ってくれ」

目の見えない由上を守りながら魔物と戦うのは不利だ。できればこのまま逃げ切りたい。ヨルはゆらりと動く白いものから目を離さないまま、由上の馬の尻を叩いた。

「気をつけろよ」

「ああ」

由上も、ヨルの判断を否定しない。自分の状態を冷静に理解しているから、戦えない人間は安全圏まで避難することが最善策だとわかっているのだ。

白い釣り竿みたいなやつがぴくっと動きを止めた。どうやら、こちらを把握したようだ。ヨルは剣を抜き、避難していく馬二頭を庇《かば》うように立ちはだかる。

――大物じゃなければいいが……。

木々が、風もないのにがさりと動く。残念ながら小さくはないのだろう。剣を握って構えていたら、街道にぬっと顔を出したのは巨大な白猫だった。

「……でか」

釣り竿状に見えたのは猫の髭で、木立ちの隙間から冗談のように大きな真っ白いペルシャ猫風の顔が見える。顔だけでこれなら、たぶん身体全体は二階建ての家くらいあると思う。

「また、リアルなくせに規格外だなお前」

さすが猫だ。この林立する木々の間をにゅるりと通り、もふっと前足を出してくる。屈んでいたのが歩き出したら、やっぱり木々よりも背が高かった。

でも、狂暴さはないんじゃないかと思う。まん丸の目が好奇心満々でこちらを見ていて、まるで面白いおもちゃを見つけた家猫みたいだ。

——ばあちゃん家にも、こんなのがいたな。

雑種だったが、長毛で顔がちょっと潰れ気味な感じが似ている。後ろのほうで長い尻尾がぼふんと揺れたのが見えて、ヨルは思わず剣先をくるくると回して猫をからかった。

「オレはもう充分大人の身体になったから、お前を狩る必要はないんだ。お前も、別に腹が減ってるわけじゃないいんだろ？　お互い、紳士協定といこうぜ」

たとえ猫でも、本気で獲物を狩ろうとする時は目が獣っぽくなる。けれど目の前の巨大な魔物は、チェシャ猫みたいに動く剣先をぐるぐる目で追いかけるだけだ。

できれば友好的にこの場を収めたい。ヨルは剣先にちょっかいを出してきそうな前足の動きを見て剣を鞘に収める。

「お前はさ、ばあちゃん家にいた〝モチ〟に似てるんだ。できれば殺したくない」

白くて、丸まって眠ると鏡餅《かがみもち》に似ていたのでそう名づけられた。理解したのかしないのか、今にも歯を見せてニッと笑いそうな魔物猫に、ヨルはあり得ないけれど想像してしまう。

――モチも、死んだあと異世界に転生してたりして……。

あの猫が死んだのはもう十年以上前だ。それでもつい懐かしくて聞いてしまう。

「魔物側も、転生してきたりしてる奴はいるのか？　オレたちみたいに」

そんなわけないよな……と自分で言いながら苦笑した。夢想している場合ではない。

「じゃあな、モチ！」

ヨルは、背中は見せずに馬の蹄《ひづめ》の音を探りながら後退り、充分距離が取れたところで走り出して、自分の馬に飛び乗る。

「よし、急げ！」

速度を上げて走りながら振り返ったが、魔物は黙って木々の上からこちらを見送っていた。

12．マイスウィート・ハニー……的な

バーニ・ヴェッキは山沿いにある温泉施設だ。由上の記憶だと、元の世界では十九世紀風のクラシカルなスパリゾートだった。石造りの豪華な建物が斜面の高低差に沿って建ち、敷地内にはうねうねと回廊が巡り、サウナや露天風呂が点在している。一番人気は崖近くにある横長の温水プール風露天風呂で、崖下の絶景を楽しめた。

目を覆っていた樹脂状の塊《かたまり》は、温泉に入ってすぐ剥がれた。

泉質にそういう成分が入っているのか、湯気に当たっただけでなんとなくしゅわっと軟化し始めた気がする。そして湯に浸《つ》かって顔を手で拭ったら、収縮してぺらりと外れてしまった。

「由上！　取れたじゃん！」

自分より先に、ヨルが嬉しそうな声を上げる。久しぶりに目に飛び込んできたのは、アメリカ研修で一緒だった頃のヨルだ。

よかった、よかったと言って泣きそうな笑顔で抱きついてくる。目が見えなくなってからだいぶ慣れた感触だったけれど、ヨルの顔を見ながらその肌を味わうのは格別だ。

「ああ、心配をかけたな」

広い石造りの露天風呂は、内側に漆喰《しっくい》の塗装がしてあって、本当にプールみたいだった。数人の先客がいたけれど、目を閉じて先導されてきたのを見ていたからか、一緒になって祝ってくれる。

「よかったな、若いの」

「何かの病だったのか？」

嬉しくて首に抱きついたままのヨルに代わって、由上が湯治客に説明する。

「いや、食虫植物の魔物を倒したんですが、その時粘液が顔にかかって目が開けられなくなったんですよ」

そりゃ難儀だったねと同情してくれる人々に、本当にべそをかいたヨルも腕をゆるめて振り向く。

「医者はそのうち剝がれるからって言ったんですけど、何日も固まったままで……」

ヨルは、このままずっと目が開かなかったらどうしようと内心で不安だったらしい。思わず泣き出したことの言い訳を一生懸命初老の客たちにしている。由上は黙ってそれを聞いていた。

――コイツの思考回路は、だいぶわかっていたつもりだったんだが……。

数年の付き合いで、価値観や感情の起伏は読み取れていると思っていた。けれど、楽しそうに世話をしてくれていたこの数日ですら、ヨルは心の中で不安と戦っていたのだ。

――わからないものだ。

改めて、ヨルという男を理解したいと思った。無邪気な笑顔を見ながら、自分の知らない彼の他の顔を見つけるのが楽しみになる。

――何せ、童貞っていうところからして想定外だったしな。

会社にいた頃、ヨルはよく女性職員からアプローチをかけられていた。けれどヨルはどんなタイプの女性にも塩対応だったから、てっきり男のほうが好きなのかと思ってしまったのだ。

――俺に懐いてたし。

アメリカ研修の時は、語学が不得手だったせいだと思うけれど、ヨルは研修生の輪に入れず、いつも隣にくっついてきていた。あのクールそうな顔に困った表情を浮かべ、〝あの……由上……〟とか寄ってこられると、見た目とのギャップの大きさについ頰がゆるんでしまうのだ。

それは他の男たちも同じだったようで、ヨルを巡っては、ある種の男たちがだいぶ熱烈な視線を飛ばしていた。由上は、〝これは俺の獲物〟というマウントも込めて、ヨルをひたすら自分のテリトリーに入れていたつもりだ。あの時も、当のヨルは彼らの視線に動じなかったから、秋波を送られることに慣れているのだと思っていた。

ヨルは、たまたま今は決まった相手がいないだけで、好みの奴がいれば自分から接近していくだろうと思っていたのだ。だいたい、あんな視線ですり寄られて落ちない男はいない。

「あ……」

——俺にも寄ってきてたか。

湯に浸かりながら、確かにそうだと反芻《はんすう》した。ヨルは無意識なのかもしれないが、今考えればちゃんと好きな相手にはそういう表情を見せる。それ以上押してこなかったのは、単に童貞だったからだ。

——つまり、ただのヘタレだったのか……。

でもまあ、それはそれで可愛い。たぶん惚れた弱みだと思うが、相手がヨルだと、そのポンコツさも可愛いと感じてしまう。

超初心者のヨルの気持ちを最優先に考えてやりたい。

抱きしめた時に様子がおかしかったのも、ただ照れているのかと読み間違えた。ヨルは生真面目《きまじめ》な日本育ちだから、ちょっと気恥ずかしいのだろう、くらいに受け止めていたのだ。だがあれがビギナーの緊張からくるものだとすると、ここから先の道のりはだいぶ長い。でも、実はその分楽しみでもある。そして同時に、由上は心の中で決めた。

ヨルと本当に抱き合うなら、それはリアルな世界がいい。

もちろん、今の身体が受け取る感覚は限りなくリアルだ。この身体や五感がデジタルデータだと言われても、とても信じられない。それでも、この世界が人工的な空間だという推測は正しいと思う。ヨルを連れて元の世界に戻る。残念だが、それまでヨルとの初夜はお預けだ。

「まあ、それにしても事前準備はするけどな」

「え？　なんか言った？」

夏のプールではしゃぐ子どもみたいなヨルに、由上は「なんでもない」と笑って流した。

この保養施設はいくつもの館《ヴィラ》に分かれている。それぞれの館はアーチ型の石柱が続く廊下で繋がれており、宿代によって泊まる場所が変わった。

小さな部屋が連なっているビジネスホテルみたいな館が一番安く、離れのようにこぢんまりとした館は高額な分プライバシーが保てる。回廊を隔てて他の館からは独立しており、寝室とリビングが間続きになっていて、バルコニーからは空と山々を楽しめる造りだ。由上たちは安全上の理由からこの独立型の館を借りていた。一番大きい露天風呂から外廊下を何度か折れ曲がって、さらに階段状の廊下を登ったところにある。

快気祝いを兼ねた夕食を他の湯治客たちと取り、とっぷりと夜も更けてから自室に戻った。ざらりとした素焼きタイルの床、バルコニー側は格子状のガラス扉、天井には蠟燭《ろうそく》が円状にともされた灯《あか》りが提げられている。

「あー楽しかった。なんかさ、いい人たちだったよね」

「ああ、そうだな……おい、足元大丈夫か？」

ヨルは酔っ払って上機嫌だ。そんなに飲んだ様子はなかったのに、絵に描いたような千鳥足《ちどりあし》になっていて、由上が肩を貸して支えている。

「らーいじょうぶだよ」

「酔っ払いほど〝大丈夫〟と言うんだがな」

由上は部屋の真ん中に置かれている丸テーブルのほうへヨルを連れて行き、水差しからグラスに水を注いで渡した。

「ほら、酔い覚ましだ」

「ありあとー。んー、水うっまーい」

ヨルは酔うと陽気になるらしい。おいしいとご機嫌で水を呷っている。

タイル細工で縁取られた丸テーブルには、ゆったりと座れるひじ掛けつきの椅子を向かい合わせてある。壁際には扉つきの収納が設えてあり、路銀をはじめとした旅の荷物はそこにしまってあった。

「もう寝ろよ。ほら」

「んー……もうちょっと」

声をかけても、ヨルは返事をするだけでいつまでも水をおかわりしている。

奥の寝室を覗いてみると、シングルベッドが二つ、拳一つ分の隙間を開けて並べてある。生成《きな》りのシーツや毛布はシンプルだが清潔感があって、心地よく滞在できそうだ。

「こら、酔っ払い」

由上は、リビングに戻ってヨルを背中側から抱きしめた。

顔を赤らめているヨルを見ると、ついベッドで乱れる姿を想像してしまう。最初はただ寝室まで連れて行って寝かせようと思ったのだが、抱きしめた手はヨルの身体を素直になぞり上げていた。

「よ……由上……」

「大人しくベッドに行けないなら、ここで襲うぞ？」

もちろん本気ではないのだが、ヨルはこれで一気に酒が抜けたようだ。

未経験だと白状された今だとよくわかる。肩を緊張させながら振り向く頬は愛撫に反応して赤くなっているのに、腰だけ引けている。由上は安心させるようにくるりと反転させて向かい合わせにした。

「あ……あの……もしかして、今日は初夜なのか……？」

ヨルは潤んだ瞳で上目遣いに見てくる。

——どう見ても、誘っているようにしか見えないんだが、これは、違うんだよな。

天然の悩殺系なのだろう。よくこの歳まで襲われずに済んだものだ。由上は微笑みながら長い指でヨルの髪を梳《す》く。

「違う……言っただろ？　初夜は大事にするって」

「え、で、でも……」

ではこの手はなんだ、とでもいうように目が泳いでいる。

まさか、初夜のその晩まで何もしないとでも思っていたのだろうか。さすが天然だなと思いながら、由上は頬にキスし、そのまま耳元までスライドして囁いた。

「何事にも、事前の準備は必要だろ？　お前、男同士っていきなりやれると思ってる？」

ヨルが息を呑み込んだのがわかった。密着している布越しに、かーっと体温が上がったのを感じる。

由上は面白くてからかうのをやめられない。

「お前、けっこう耳年増だろ。今、何を想像した？」

「……っ……な、なにも」

「じゃあ、どうしてココがこんなに硬いんだ？」

腰を引き寄せて、互いに勃ちかかっているものを擦り合わせると、ヨルが甘い声を漏らした。

「あっ……っ……」

想像以上に甘くていい声だ。この声が自分の名を呼んであられもなく嬌声《きょうせい》を上げたら、どんなに興奮するだろう。想像するだけで昂《たかぶ》って、由上はしどろもどろのヨルの耳朶に歯を当てて弄んだ。

「やらしい小説で勉強したんだろ？」

「し……して…な……っん……」

ヨルが刺激に耐えられなくて涙目になりながら目を瞑る。ああもう、誓いなんか立ててるんじゃなかった。ヨルを煽《あお》るのをやめられない。

「それはどんな描写だった？」

「っ……っ……読んで…な……表紙を、見ただけ」

「どんな表紙だ？」

耳たぶを甘噛みして、耳介《じかい》の曲線を唇でなぞりながら、耳孔《じこう》へとゆっくり螺旋《らせん》を描いていく。ヨルが耐えられないように甘く熱い息を吐き、両腕を握りしめてくる。ちろりと孔《あな》の奥へ舌を這《は》わせたら、ヨルは小刻みに震えて懇願してきた。

「つゃ……ぁ……そ、それちょっ、やばいから……あの……だ、抱き合ってるやつ」

そういう同性もののジャンル小説らしい。どうせなら、ヨルの記憶に残った抱き方を知りたかった。

由上は頭を振って逃げようとするヨルの後頭部を押さえ込み、耳の弱い部分を何度も舌で責める。

「どんな抱き方だった？」

「っ…っん」

「格好は？」

「…ぁ、は、裸……で……」

ヨルが答えた次の瞬間に、密着していた胸のあたりをゆるめ、バスローブの襟に手を忍ばせた。肩を抜き、腕から滑り落とすように肌を露出させる。半裸の淫らさはヨルの色白な肌に似合う。

「それで？　裸で、どんな姿勢だった？」

ゆっくり、焦《じ》らすようにもう片方の襟をはだけさせ、肌を撫で下ろしながらさりげなく乳首に触れる。ヨルがぴくんと反応したのをしっかりと確認しながら、臍《へそ》のあたりまでバスローブを下ろして紐《ひも》をほどいた。

「ヨル？」

答えが止まっている。すっかり硬くなって上を向いたそれをバスローブ越しに触ると、ヨルの呼吸が乱れた。なんて可愛い反応だ。

「っ、ぁ……は……あ、あの、脚が、絡んでて……」

「こんな風にか？」

「……あ……っ、っん」

太腿を割り込ませ、ぐいっと擦り上げると、ヨルは喉を反らせて甘く悲鳴を飲み込む。愉悦ににじんだ涙が眦《まなじり》に溜まっていて、由上は逃げかけた上半身を抱き寄せ、中途半端にバスローブを腰のあたりに残したまま、身体ごと擦り合わせてヨルの全身を愛撫した。

「ぁ、ぁ……ぁっ……よ、よしが……あ…っ」

擦れ合う快感に互いの息が熱く交わり、あい間に漏れるヨルの声がもつれる。戸惑いと陶酔を同居させたような、赤味のある瞳が綺麗で、由上は思わずこぼれ落ちかけている眦の涙を唇で吸い上げた。

自分の名前を呼ぶヨルが愛おしい。切なそうな呼吸でしがみつかれると、ここで寸止めにしなければならないのを心底惜しいと思ってしまう。

由上は自分の獰猛な欲望を抑える代わりに、悩ましく開いたヨルの唇を貪った。

「ん……っ、んん……ん」

薄いくせにぞくっとするほど官能的な感触。吐息を吸い上げるように深く口づけると、ヨルはびくびくと腰を揺らしながらも、すんなりした腕を首に回し、キスに応えようとしてくれる。由上もより一層角度を傾けて深く口づけ、肉厚な舌を挿《さ》し入れた。

「っ……っつ、っつ……っん……っ」

ヨルが言葉もなく悶《もだ》えている。由上は口腔《こうこう》内へ深く舌を侵入させ、熱いヨルの舌をざらりと舐め回し、絡めとって吸い上げた。濃密で淫らな肉の感触で、自分も腹の底から熱い昂りが駆け上がる。

――ヨル……。

重なった頬の間を、ヨルの漏らした熱い呼吸が撫でていく。口腔内で絡み合う濡《ぬ》れた音が淫らに頭蓋に響き、こらえようもなくヨルの腰を強く抱きしめてしまう。

「あぅ……っ……」

ガクガクと腰を揺らしてヨルが達《い》った。擦り上げた場所がじわっとあふれた体液で濡れて、ヨルの心臓が大きく心拍を乱したのがわかる。ほんのりと肌が上気して、何かのフェロモンでも出てるんじゃないかと思うほど、こちらの五感を刺激してくる。

――やばいな。

余裕をかましたつもりだったが、自分のも痛いほど張り詰めていた。息を乱したヨルを抱きしめたまま、由上も自分の欲情を吐き出す。

夜の冷えた空気に、ふたりの呼吸だけが熱くて、腹の間に挟まったバスローブはヨルの精液の上に自分の体液がかかり、はっきり感じるほど濡れている。腕に抱かれたヨルは、しばらくしてからとろんとした声で言った。

「……由上の……とろっとしてて……あったかい」

「……お前、けっこう天然でエロいな」

「……そう……かな」

吐精の余韻なのか酔いが戻ったのか、ヨルは胸元に身体を預けたままうっとりと目を瞑った。

「めっちゃ、気持ちよかった……」

「そうか」

由上は内心で苦笑した。たかが擦り合っただけでこんなに悩殺的だと、これから現実世界に帰るまで、かなり生殺しの日々が続きそうだ。けれど、だからこそヨルを連れて現実の世界に帰りたい。生身の身体でヨルを思うさま抱きたかった。

「大事な初夜まで、こうやって慣らそうな」

「うん……」

言質はとった。由上はいつまでも胸元で甘えているヨルを促し、ふたりでベッドルームへ行った。

13．世界のヒミツは白猫と

温泉三昧《ざんまい》の日々だ。

「はー、極楽ぅ」

「プールじゃないんだから、ばしゃばしゃやるなよ」

「はーい」

返事は適当だ。由上はといえば、修行僧か何かのように湯の中で瞑想《めいそう》している。

——由上の目も開いたし、心配事なく楽しめるのがいいよなあ。

目は元に戻ったが、ふたりともまだこの施設に泊まっている。起き抜けにざぶんと湯に入り、ひと汗かいてから果物がたっぷり用意された朝食を取る。軽くひと眠りしたらサウナに行き、整ったところで冷水プールに飛び込むのだ。気が向いたらマッサージ処《どころ》で肩や背中をもみほぐしてもらい、長い昼寝を楽しむ。なんだか元の世界では考えられなかったような生活だ。

「おう、ヨルさんおはようさん」

「あ、ツトニさんお疲れ様です」

「疲れを取りに風呂に来て、お疲れさんはないわなぁ」

「あはは、そうですよね」

周りの客も一斉に笑う。湯治客はみんな陽気だ。

——その辺がまた、胡散《うさん》臭いんだよな。

逗留を続けるのは、彼らの情報を探るためだ。ヨルはお調子者として、由上は寡黙な連れという設定で、彼らとつかず離れずの関係を続けていた。

青空と山々を臨める露天風呂は二十五メートルプールくらいの長さがあって、横幅はだいたいその半分くらいだ。山肌に沿ってカーブし、横長なので大人数で入ってもゆったりできる。ヨルは湯に浸かりながら客のひとりひとりを眺め直した。

旅の途中で立ち寄る客を除き、長逗留しているのは全部で六人だ。この六人はだいたいいつも群れている。

腹も丸く出っ張り、頭頂部が陽につるっと反射しているツトニ。年の頃は五十代後半だと思われる。

そしてツトニの太鼓持ちみたいな細身の男。どう見ても仲良さそうに見えないのにふたり組で泊まっている二十代の男たち。積極的に話には参加しないけれど、食事や酒の席では必ず一緒になる謎《なぞ》の三十代男性。そしてどこか油断ならない目をした四十絡みの男。

——共通点がなさすぎる。

彼らはおしなべて愛想がいい。すぐ仲間に入れてくれて酒や食事の席に誘い、何くれとなく近隣の情報を教えてくれる。そこだけ見ているととても親切な人たちだ。だから自分たちも初日に由上の目が開いた時、ありがたく祝いの席を設けてもらったし、そこで楽しく飲み食いした。

その時は由上の回復が嬉しくてひたすら盛り上がったけれど、でも心のどこかではやはり警報が鳴っていた。由上はもっと警戒していたらしく、にこやかに話していたけれど、自分の身元に関することはかなりあいまいに誤魔化していた。

朝食を終えた人や、出発前にひと風呂浴びようという人たちが次々と入ってきて、ヨルはにこやかに振る舞いながら顔ぶれを眺める。由上は彼らの素性や逗留の目的を探ろうとしているが、ヨルはどうせ調べるなら例の〝前世問題〟も聞いてみたいと思っていた。

——だってさ、この人たちは騎士や宿屋の人たちとは〝層〟が違う気がするんだよ。

今まで関わってきたのは主に勇者や騎士、宿場町の人たちだ。宿屋の親父や飲み屋のお姉さんたちは前世の話をしても拒絶はしないけれど、決まって〝前世話をすると不幸が来る〟と型通りの返事をする。そして騎士や勇者には上下意識や不文律があって、なかなかそれ自体聞けなかった。

特に徒党を組んで魔物を退治している人たちはそういった傾向が顕著だ。全体的に体育会系というか、強い上下関係があって和を乱すことを嫌う。前世話を持ち出さないのがルールなのも、〝現在のレベル差〟を遵守させるために課しているように見えてならない。

――それぞれタブーの理由が違うのも気になるんだよね。

できれば、もっと納得のいく説明を聞きたい。もっと言えば、前世があることが前提になっている理由も探りたかった。

勇者たちは無理でも、この人たちになら聞ける気がしている。なぜならここにいる人たちは、レベルとか名誉とかより、金貨を集めて裕福になるほうに価値を見出す、いわば〝タブーなしのリアリスト〟だからだ。

ただし、彼らが実際なんの仕事で金を儲《もう》けているのかはわからない。安くはないリゾート地に長期滞在し続けるには、それなりに経済的な余裕がなければできないはずだ。気前よく旅人たちに酒を振る舞うところといい、身なりといい、かなり豊かな懐具合だと見受けられたが、彼らがここで仕事をしているところを見たことはない。

職業の謎、ここに長逗留している謎、胡散臭くてたまらないが、同時に慎み深くストイックな騎士たちにはない入り込みやすさがある。すべては聞き方次第だろう。ヨルは手はじめに、今日ここを出る旅人のひとりに話しかけた。

「このあと、どこに行くんですか？」

彼とその連れは二泊だけの滞在だった。ツトニたちは短期の滞在者にはあまり踏み込まない。男のほうもちょっとプライドが高いのか、ツトニに軽くあしらわれたと感じたらしく、そこからは意固地になって話しかけていなかった。それでも情報は仕入れたいとみえて、そっぽを向きながらも必ず話が聞こえる場所にいる。

ヨルも面倒なおっさんだと思うが、これも調査だと割り切っている。話しかけると、角ばった顔に小さな目の中年男は、嬉しそうに顔をほころばせた。やはり、本当はかまわれたかったらしい。

「スイスのほうです。おたくさんは？」

地名がリアルだ。でもそのことはしらばっくれておく。

「オレですか？　オレはもうしばらくここにいようかなと思ってて」

優雅ですねえと男は追従する。ツトニには仏頂面をするくせに、かまってくれる相手にはやたら愛想がいい。

「こんなお高いところに長居できるなんて羨ましい」

自分たちはふたり連れなんで旅費がカツカツなんですよ、とやたらに卑下してくる。ヨルはにこにこと笑って〝いや、療養で仕方なく泊まってるんですよ〟と返した。

「この前倒した魔物の鉱皮がまあまあの値で売れたからしのげてるだけで。しかも、そいつを倒したせいで連れが怪我をしちゃって」

「そいつは大変でしたね。でも鉱皮なんて高級品じゃないですか。さぞいい値段で売れたでしょう？」

細かい部分は端折《はしょ》っている。ヨルはへらへらと笑いながら頭を掻いた。

「オレ、まだこの世界に転生して間もないんですよ。だから相場ってものを知らないので、あれ、高いんですかね？」

「そりゃ高いですよ」

王侯貴族の住まいの装飾品に使われるだけでなく、硬度があるために軍用でも使われるのだといい、熱心に大きさと値段を計算し始める。

「へええ、よく知ってますねえ。こっちに転生してから長いんですか？」

「いや、そうでもないですよ。でも私は最初から商《あきな》い狙いだったんでね」

――転生先を、狙ってできるってことか？

調子を合わせながら、ヨルは内心で驚いていた。思い切って前世ではなく〝転生〟というキーワードを使ってみたけれど、相手は訝《いぶか》しむ様子もない。

――前世だけじゃなくて、〝転生〟も当たり前ってことなのか？

ヨルはちらりと周囲を見た。ここで顰蹙《ひんしゅく》を買っても、どうせその場だけの付き合いだ。よほどまずい状況になったら、すぐここを出て行けばいい。

心の中で一拍覚悟を決めて、笑いながら話す。

「オレ、前世で事故死して、それで転生してきたんですよ」

――さあ、どう出る？

聞きようによっては爆弾発言だと思う。頭のおかしい奴だとドン引きされるか、迷信深い宿屋の親父のように顔をしかめられて終わりか。

――それとも〝俺も〟という奴が現れるか。

ちょっとした緊張感があったのに、相手は湯の中で笑う。

「私は首吊りでしたね」

「え、貴方も死んだんですか？」

「そりゃそうでしょうよ。一回死ななきゃ転生はできないじゃないか」

——……え……。

想定していたどの答えとも違う。ヨルは、〝何を今さら〟と笑っている男に、返事が返せなかった。

むしろ、表情を変えたのは長逗留している男のほうだ。ツトニは真顔でヨルのほうを見ている。

——？

ツトニの表情に気づいたのは自分だけで、話していた男はひとしきり笑ってから湯から上がった。

「じゃあ、私は出発の支度がありますんで、お先に」

「あ、ああ……お気をつけて。よい旅を」

男は湯から出たらとたんに愛想がなくなった。本当にその場だけの付き合いらしい。

——あからさまな奴だな。絶対友だち少ない奴だろ。

心の中で毒づいていると、男が館内へ姿を消したとたんにツトニが寄ってきた。

目が真剣だ。そして声を潜めてくる。

「あんた、この仕組みを知らなかったのかい？」

——仕組み？

〝転生〟のことだろうか。どう答えようか迷っていると、ツトニは勝手に曲解した。

「知らないってことは、まさか……」

「？」

「あんた……あんたが〝案内人〟なのかい？」

「案内人？」

聞き返すと、ツトニは黙り込む。重ねて尋ねると、ツトニは後悔しているかのように渋い顔をした。

「いや……なんでもないんだ。ちょっとした勘違いだよ、忘れてくれ」

「はあ……」

ヨルはとぼけて調子を合わせた。だが間違いない。この男たちがいつまでも温泉地に逗留しているのは〝案内人〟を待っているからなのだ。

「……ツトニさんも、一回死んで転生したんですか？」

「もちろんさ……だが、あんたは自分だけだと思ってたんだろ？」

話を逸らしたつもりだったが、ツトニはまだこちらの転生話のほうを気にしている。

――〝仕組み〟ってことは、単純に〝死んで生まれ変わる〟じゃないんだな。

「まあ、なんていうか……」

うまく誘導して聞き出したいが、警戒されずに引き出す方法が浮かばない。由上を頼ろうとして視線をやると、なぜか由上がいなかった。

――何かあったのか？

探りを入れやすいように、お互いなるべく別行動を心がけていた。だから先に上がってもおかしくはない。ただ、気配も感じないほどそっと出て行ったのなら、事情があるとみていい。

――ここは、いったん退《ひ》こう。

自分たちはこの世界を知らなすぎる。こんな状態でひとり突っ込むのは危険だ。聞き出せるいいチャンスだとは思うけれど、由上がいない以上、無理はしないと判断した。

離れる口実を探して視線を巡らせると、本当に意外なものを見つけた。タイル張りのプールサイドで、白い猫が尻尾を揺らしている。サイズが普通の猫並になっただけで、街道沿いで出くわした巨大な猫の魔物によく似ていた。

「あ、お前……」

「おや、迷い猫かね」

「いや、その猫なら最近ちょくちょく見かけますよ」

ツトニの腰ぎんちゃくみたいな男が言う。

「毛艶もいいし、近所の猫なんじゃないですかね」

「モチ……」

声をかけると白猫はにゃあと鳴いた。

「ほんとに、モチだったのか？」

「ヨルさん、この猫を知ってるのか？」

「え、いや……そういうわけじゃないんですけど。知ってる猫に似てて」

小さくなると、ますます祖母の飼っていた猫にそっくりだ。ヨルはとりあえず猫を理由にツトニから離れ、湯から出た。

「なあ、お前、あの時の猫だよな？」

「にゃあ」

ペルシャ猫風の長い毛を梳いてやると、白猫は青い瞳を心地よさそうに瞑る。

「よしよし……じゃあこの間のお礼に、今度は美味い魚の干物でも持ってきてやるよ」

「にゃあ」

しばらく猫をあやし、ヨルは〝お先に〟と挨拶《あいさつ》してさりげなく自分の館に戻った。


足音を忍ばせ、用心しながら部屋に戻ると、リビングにはシーツでグルグル巻きにされた男ふたりが座らされていて、隣では由上が上半身裸の入浴着のまま涼しい顔をしていた。戸棚の扉が開いていて、はみ出した麻袋が見える。ひと目で、こいつらがコソ泥に入ったのだとわかる状況だ。

ヨルはバスローブ姿で手を振る。

「お疲れ。手伝うことは？」

「ないな」

遅いぞと軽く笑い、由上は丸テーブルの横にある椅子に腰かけた。尋問体勢だ。

「さて、素性と動機を聞かせてもらおうか」

シーツで捕縛されているのは風呂からそそくさと上がっていった短期の宿泊客たちだ。さっき風呂で話していた男と背中合わせに縛られている男が連れらしい。ひとりが湯で客たちを見張っている間に、もうひとりが部屋へ忍び込む役なのだろう。片方は風呂上がりの姿だから、由上が脅して犯行現場まで案内させたのかもしれない。

男たちはすでに痛い目に遭っているようで、ビクビクと由上を見上げながら白状する。

「す、素性は無職です」

「帯剣していてか？」

「勇者の才能はないってわかってます」

片方は勇者になろうとして、レベルが上がらないことを理由に廃業したらしい。もうひとりは最初から金融業を狙っていたという。

「手っ取り早く金を儲けたかったんです。でも、ただ銀行に勤めようとしても就職はできないんですよ。ここでは紹介がないと銀行の内部には入れないんです」

大きな街には銀行がある。けれどそこはいわゆる〝窓口業務〟だ。バスローブ姿の男は、さっき転生して間もないと説明したからだろう、ヨルに向けて説明してくれる。

「この世界にはね、〝造幣局《ぞうへいきょく》〟がないんですよ。貨幣は銀行がそれぞれ独自に造るんです」

由上が綺麗に眉を顰《ひそ》めた。

「貨幣を自由に製造してるのか」

「そうです」

男が小さな目を瞬かせて頷く。

「銀行は無限に金を造れる。だから、銀行の内部に入れて、経営陣に加われれば所有財産は青天井だ。

ただし、そんな美味い話があるわけはない。ただで入ることはできないんです。信用商売ですからね、人から人へ、紹介を通じてしか入れない、完全縁故制なんですよ」

このリゾート施設で長逗留している男たちは、そうした〝伝手《つて》〟を待っているのだという。

「〝案内人〟て、それか！」

「何か掴んだのか？」

由上の問いに、ヨルはツトニに案内人に間違われた件を報告した。聞いていた男も同意する。

「案内人の詳細は誰も知りません。だから、あの人たちも大金をちらつかせて〝自分たちは金に困ってるわけじゃないですよ〟ってアピールしながらひたすらスカウトを待ってるんだと思います」

「そんな、ほとんど都市伝説みたいなものを信じて待ってるのか……」

呆れて言うと、男は真剣な顔で反論する。

「情報は確かです。リゾート地にスカウトが来る。銀行で働ければ一攫千金《いっかく》は確実なんです。それを夢見てるから、みんなここに集まってくるんだ」

力む男に、由上はゆったりと脚を組んだまま椅子から尋ねた。

「その情報はどこから仕入れたんだ？」

「もちろん、ネットです」

「ネットなんて、ガセネタを掴まされる可能性のほうが高いじゃないか。そんな情報でわざわざ一回死んで転生までするなんて」

異世界で金を持って何になるんだと笑うと、男は苦々しい顔になった。

「別に、本当に死ぬわけじゃない。たかがログインにいくらかの課金をするだけで、人生が変わるチャンスがあるんだ、リアルの社会で詰んでる奴なら誰だって試すだろ」

バカにするなと憤慨しているが、むしろ驚いたのはこちらだ。

――ネット？　ログイン……？

すると、本当にここは仮想世界なのだ。うっかりそのことを追及しそうになって、由上に目で止められて黙った。こんなコソ泥に自分たちの弱みを洗いざらいしゃべってしまったら、何をどう利用されるかわかったものではない。

自分たちはここがどこなのかも正確には知らない。こちらの無知を知られたら、逆に騙される危険性だってある。

あからさまに驚いた顔をしたからだろう、コソ泥たちはこちらの様子を気にし始めた。由上は気を逸らすように質問を変える。

「盗みに入るならあいつらのほうが実入りがいいだろうに、なんで俺たちの部屋を狙ったんだ？」

元勇者の男が答える。

「あいつらは小切手しか持ってないんだ。銀行に行けば金に換えられるけど、盗まれたとなればすぐ全支店に連絡が行く。そうしたら窓口で捕まるか、紙切れとして薪の代わりにするしかなくなる」

その点、勇者稼業ならどこでも使える小銭を持っているだろうと踏んで、ヨルたちの部屋を狙ったらしい。そんなつもりではなかったけれど、銀行に預けに行きそびれて銅貨を持ち歩いていたのが幸いした。

——重かったけどな。

男たちは、銀行への就業を夢見ながら、リゾート地に潜り込んでは同じ目的の連中から小銭をかすめ取って暮らしていたらしい。だから片方の男は無職のままなのだ。

——見るからにクズ感が漂ってるもん。

努力をしないくせに成功ばかり望んでいる。目端を利かせてうまく立ち回っているつもりらしいが、ヨルからすると、よく調べもせずに目先の儲け話に飛びついているようにしか見えなかった。

——ツトニさんたちに対しても、変なプライドが見えてたし。

情報を聞き出したいならツトニのような連中の仲間になる努力をすればいいのに、頭を下げて入れてもらうのが嫌だったのか、ツトニがそっけない態度を示すと、すぐむすっと顔を背けていた。勇者を辞めたという男も、実力がどうだか知らないが、こっちが駄目ならあっちで……と流れたあげく、異世界まで来てコソ泥生活とは、情けないと思わないのだろうか。

——こいつら、どうしてくれよう。

フロントに突き出すか……と考えていたら、由上が椅子から立ち上がって戸棚の金袋を手に取った。口紐を開けてザラザラと半分ほどの金を床にこぼす。かさばる銅貨は小山を作った。

「お前ら、金がないなら俺に雇われないか？」

「え？」

縛られたふたりが同時に由上を見上げる。この時点で主従関係はできたも同然だ。由上は魅惑的に唇の端を上げる。

「雇用期間は十日だ。お前たちはこのままチェックアウトして館を出たふりをし、街道に野宿をしてツトニたちの動向を見張る。ちゃんと十日間仕事をすれば、残りの金も支払おう。ついでにテントや寝袋も貸してやる」

いい条件だろう？　と聞くと、ふたりは顔を見合わせてから確認してきた。

「十日だな？」

「ああ。彼らの動きは、お前たちだって知りたいだろう？　一石二鳥でお得な仕事だと思うぞ」

無職のほうは簡単に頷いたが、さすがに元勇者のほうは疑っている。

「それは、あんたらになんのメリットがあるんだ」

由上は微笑を崩さない。

「俺たちはここの湯治客だ。彼らとは表立った接触ができる。だが、その〝案内人〟とやらがいつ、どう接触するのか知らないからな。お前たちには出入り口を二十四時間見張っててもらいたいんだ」

ここは山に沿った街道の一本道だ。馬や荷物を持った状態で出発するなら必ず街道を使う。

「昼夜交替で見張れよ。もし出入りを見逃せば、お前らは半額で働いたうえに、念願のスカウトまでふいにすることになるんだからな」

逆にもし、ツトニたちになんらかの接触があってこのリゾートを出て行くことになった場合、当然ヨルたちも追いかける。由上は、その時このふたりも同行させてやると約束した。

「うちの馬は男ふたりを乗せても楽々走れる。ちゃんと俺に報せに来れば、夜通し徒歩で追いかけるなんてことはしなくて済む」

「……あんたらも、銀行を狙ってるってことか」

「まあ、そういうことだ」

残り半分の銅貨が入った麻袋をじゃらりと見せつけると、男たちは目をぎらりとさせて頷く。

「いいだろう。その仕事、受ける」

「よし」

しっかり働けよ、と由上はシーツの固定を外す。ヨルも手伝い、ふたりを助け起こした。

金を別な袋に入れてやり、テントに寝袋、火打石までひと通り渡してやる。ふたりが部屋を出たあと、ヨルは由上に尋ねた。

「気前よく前払いして、あいつら持ち逃げしないかな」

半分とはいえ、そこそこの金額だ。もらうだけもらって、自分たちに報告せずとんずら……ということはないだろうか。心配すると由上はあっさり否定する。

「ないな。ああいう連中は損得勘定ができないんだ。現金を目にすると、それを全部手にしなければ損をした気持ちになる」

残りの金が欲しいばかりに逃げられない。さらに彼らが望んでいる銀行へのスカウトの件もあるから、余計に自分たちを頼るだろうと由上は読んでいる。

「あいつらは馬を持っていない。厩舎《きゅうしゃ》を確認してあるが、ツトニたちは馬車で来ていた。徒歩では尾行しきれないだろう。必ず俺たちの馬を頼ってくる」

これで、自分たちの目が届かない時にいなくなられる心配が減ると由上は笑った。十日でカタがつかなかったら、違う方法を考えると言う。

「俺たちもいつまでもここにいたら飽きるだろう？」

「まあね」

由上がすっと視線を鋭くする。

「ここが仮想世界なら、人がログインする目的があるはずだ」

――そういえば、最初に由上にそう聞かれたよな。

ゲームならクリアすることが目的になる。癒し系のゲームなら、ほんわかと庭造りや魚釣りを楽しめばいい。

では、この世界は……？

「人が吸い寄せられる大きな動機は、だいたい金と欲だ」

世界中が海底ケーブルで繋がったのは明治時代だ。ようやく蒸気機関が発明された程度のローテク時代に、巨額の費用をかけて情報インフラを整備した最大の目的は、大陸の向こうで起きている株価の変動をいち早く知るためだった。金儲けが動機だったのだ。

「探せば出てくるかもしれないが、今のところ、歓楽街は見かけない。色事がないなら、最も大きな動機は金ということになる」

その〝銀行〟とやらがどれほどのものかはわからないが、少なくとも金儲けを目論《もくろ》んでわざわざ仮想空間にログインしてくる連中がいるのは確かだ。

「手がかりがない以上、ここから調べていく以外あるまい？」

「うん……」

ヨルも頷く。

あの男は〝本当に死ぬわけではない〟と言った。どういう仕組みだかはわからないが、彼らが死んでいないのなら、自分たちの身体もまた、元の世界ではちゃんと生きているのだと信じたい。

――突き止めて、帰ってやる。

漠然と考えていた〝帰る〟がリアルに感じられた。そして由上が微笑んで自分を見つめているのに気づいて、急に心臓がバクバクする。

――な、なんだよ。

そんな風に見つめられたら、〝もしかして〟と思ってドキドキしてしまう。

――いや。今はまだ午前中だし……でも、ＡＶでも真昼間にやるやつあるしな……。

身体も頭も勝手に暴走し始める。ヨルは懸命に考えを逸らした。

「あ、そ、そういえばさ、由上、すごいよな。いつ空き巣に気づいたんだ？」

はっと気がついた時にはもう風呂にはいなかった。一体どうやって泥棒が入るとわかったのだろうと思ったら、教えてくれたのはあの猫だそうだ。

「瞑想していたら、水面を奴がちょんちょんと触るので、水音がしてな」

「え？　い、いつ？」

そう言いながら、由上が近づいてきて、左手に持っていた麻袋をテーブルに置いた。そしてその手がヨルの身体を包んでいく。

「猫はあまり水を好まないはずだと思っていたから、不思議に思って目を開けたんだ」

そうしたら、あの白猫は乾いたタイルに自分の肉球でスタンプを押すように、水痕をつけていたのだという。

「〝部屋《ROOM》〟という文字に読めた。意図的にやらないと、ああいう模様にはならない」

――モチが……。

やはりあの猫は転生したモチなのだろうか。それとも、巨大になったり普通サイズになったりして人をたぶらかす魔物なのだろうか……。もっとちゃんと考えたいのだが、由上にすっかり抱き込まれて、ヨルはしどろもどろになってしまう。

「よ、由上……」

「なんだ？」

「あ、あの……そしたら、あの猫を探すべきなんじゃない？」

「伝えたいことがあるなら、向こうから来るだろう。ツトニたちにも見張りはつけたし、しばらくは自由時間だ」

――わ……。

首筋に顔を埋められ、湯上がりの由上からは檸檬《れもん》のようないい匂いがした。

「風呂では、お前の身体を見ないようにするのが大変だった」

――あれは……瞑想じゃなかったのか。

苦笑気味の囁きが腰にくる。

「抱きたくてたまらない」

――由上……。

頭を包む長い指の感触も、うなじに感じる由上の吐息も、がくがくするほど腰を震わせた。

「さあ、〝愛のレッスン〟をやろうか」

コテコテのネーミングも、由上が言うと別におかしく聞こえないのがすごい。ヨルは流されるままに、寝室へ連れて行かれた。

14. 初夜への扉

「ん……」

唇を吸われたままベッドに身体を乗せられ、由上の膝がベッドに乗りかかると、ギシッと淫靡《いんび》な音を立てた。ヨルは悩ましい動画で聞いたスプリングの軋《きし》みを思い返し、股間を熱くしてしまう。

――由上に、あんなことされちゃうんだ……。

自分を貫く由上の性器を想像するだけで、自身のそれが張り詰めてくる。由上はとっくに気づいているくせに、膨らみをするりとひと撫でするとほうへ手を伸ばし、キスしたまま上手にバスローブを脱がせた。

「ぁ……」

ひと思いに脱がせてくれればいいのに、手のひらで腹をなぞり、脇腹を抱き、身体を密着させてからまた胸元へ指を這わせる。ヨルは触れてくる指先に翻弄されてぎゅっと由上を抱きしめた。

じっとしていられない。重ね合わせた腰を擦りつけ、硬く熱くなったそれを動かすと、脇腹を摑んでいた由上の手が双丘《そうきゅう》を辿って尻を摑んだ。

その感触にヒクっと腰を震わせる。口づけはより深くなり、口腔へ舌が挿し込まれた。

「ん……っく……ん……んん」

――ああ、脳が蕩けそう……。

口の中を掻き混ぜられると、腰がウズウズする。しかも尻をがっちり摑まれているから、ぞわりと快感が走っても、身体が動かせない。渦巻く熱に、ヨルは身悶えた。

切なさを由上に伝えたい。けれど唇はいよいよ深く捉えられ、声すらくぐもる。

「んっ……ん……」

じゅわっと唾液があふれて唇の端を伝っていく。ざらりとした舌で舌をしごかれると、腰砕けになりそうなほど愉悦が広がり、ヨルは夢中で由上の両腕を摑んだ。

仰《の》け反るように由上から上半身を離し、キスから解放されて熱い息を漏らす。

「はぁ……」

頭がぼうっとした。身体が興奮しすぎて、うまく話せない。自分がこんなに興奮しているのに、どうして由上は冷静なんだろう。

「よ……し……」

もつれた舌で名を呼ぶと、由上が笑って見つめてくれる。その端正な瞳に、ヨルは言葉を途切らせてうっとりしてしまった。

ぼうっと見つめていたら、由上にするりと腕からバスローブを滑り落とされ、裸のまま、うつ伏せるように手で促される。

「いい子だ。さあ、今日は指で慣らそうな……」

「う……ぅん……」

子どもをあやすように言われると逆らえない。由上は脇腹や太腿を撫でながら、うつ伏せのまま膝を立たせてきた。

――前の時、あれの何が〝事前準備〟なんだろうと思ってたけど……。

やっぱりあの段階は必要だったのだと納得できる。いきなり尻を高々と突き上げるこんな格好は、さすがに身構えてしまったと思う。けれど、射精まで見られてしまったあとでは、むしろ脱がされるだけでも体温を上げてしまうほど感じる。

今だって、何をされるかはだいたい見当がついていた。由上は隣の部屋からオリーブ油が入った緑の小瓶を持ってきて、手のひらに垂らして指に馴染ませている。

――あれを……オレに………。

なんてやらしいことをするんだろう。恥ずかしさに目を瞑ったら、由上の笑いを含んだ声がした。

「どこもかしこも勃ってるな」

「ぇ……ゃ……ぁっ……ひ……」

尻にくると思っていた感触が、屹立《きつりつ》した胸の芯に来た。オリーブ油が馴染んだ指先はちょっと体温が高くて、まるで媚薬でも塗られたかのようにじんと熱が広がる。ぐるぐると円を描くように嬲《なぶ》られると、胸粒はコリコリと音がしそうなほど凝《しこ》った。

「ぁっ……ぁ、ぁ……は…ぁ、ん……っ」

「本当にお前はいい声で啼く」

甘くてそそる声だ、と指先と言葉で煽ってくる。涙目で由上を見上げたら、はっきりと自分に欲情している視線を向けられ、ヨルは声を抑えられなくなった。

「んっ……ん……っ、ぁ……」

「乳首が好きか？」

「ん…うんっ………」

「じゃあここは？」

由上は片膝をベッドに乗せたまま、左手でヨルの胸をいじり、右手を尻に伸ばした。淫猥《いんわい》な手つきで撫でながら、双丘の狭間にある窄《すぼ》まりに指を忍び込ませる。初めて知る感触に、ヨルはビクリと尻を緊張させた。

ぞわぞわと得体の知れない感覚が尻全体に広がる。オリーブ油にまみれた指が窄まった襞《ひだ》をなぞると、知らないうちに息を詰めてしまった。

――なに、これ……。

くにくにと指の腹で入り口を丹念にほぐされて、つぷっと指を入れられると、反射的に尻がぶるりと震えた。内側を探るように指の腹で押されると、快感かどうかもわからないのに呼吸が速まる。

「は……」

「苦しいか？」

答えられないままヨルは頭を横に振った。自分の身体の内《なか》を、由上の指がまさぐっているのだと思うだけで、恥ずかしさに頬が熱くなる。

――でも……気持ちいい………。

由上が自分の身体を好きなように嬲る。被虐的な快感が襲ってきて、こじ開けられたそこがヒクヒクと蠢《うごめ》いた。

低く、官能的な由上の声が耳元でする。

「内がうねってきてるな……」

身体が熱く、視界がくらくらして目が開けられなかった。骨太の長い指が何度も出し入れされ、擦られるたびにじわんと気持ちよくて涙がにじむ。

「ぁ……」

「ん？　ここか？」

からかうような声で、内襞の一か所をぐりっと押された。ヨルは魚のようにびくんと跳ねる。

「んぁっ……ぁ」

やっぱりここか、と由上が快感スポットを見つけ出した。そしてしつこいくらいにその場所で指を出し入れさせながら押していく。ヨルは尻を振ってもがいた。

「やっ……ぁ、ぁ……っ……や、やだ……やだそれ……あ、や、やめて」

押されるたびに目の裏で火花が散るほどの刺激が走るのに、由上は止めてくれない。むしろ左腕で胴を抱えられて逃げられないようにされ、より淫らに指で内襞を蹂躙《じゅうりん》される。込み上げる快感に、ヨルは甘ったるい声を上げた。

「ぁっ、ぁっ、ぁっ……ぁ、ん……由上……ぁ…」

「いい反応だ」

「ん……ん……ぁ、ぁぁ、ぁ……っ」

奥深くまで探られると、唾液といわず涙といわず、身体から体液があふれ出した。オリーブ油で濡らされたその場所もぐちゅぐちゅと淫らな音を立て、自分の喘ぎと相まって、部屋は淫猥な響きに満ちていく。

「ぁ……よしが……み、ぁも、もう……はっ……はっ……ぁ」

四つん這いにされたまま、触られもせずにその場所は精を吐き出している。けれど内側から責め立てられて、一向に萎《な》えなかった。吐き出しても吐き出しても、腹の奥が蕩けたように熱い。

「あ…ぁん……ん、んっ……たすけ、ぁ…もう、おかしくなる」

シーツを握りしめ、涙目で懇願したが、由上は止める代わりに指を増やす。

「この程度でギブアップだと、先は長いぞ」

「ぁ、や……掻き回さないで……ぁ、ぁあっ、あっ」

二本に増えた指がばらばらな方向で内壁を掻く。悶えるだけで、ヨルは息がつけなかった。必死で由上の腕を摑み、止めようとするけれど、自分の身体がコントロールできない。指を抜き差しされるたびに尻を震わせ、熟れたように膨らんだ胸粒がシーツに擦れて刺激に喘ぐ。

「ぁあっ、ぁあっ……やめて、由上っ……イク……あ……っ」

張り詰めた肉芯はもう吐き出すものもないのに、ビクビクと揺れている。嬌声を上げながら懇願すると、三本の指で犯していた由上が、ようやく耳たぶを噛みながら止めてくれた。

「ドライでイけたなら、大丈夫だろう」

何がどう大丈夫なのだろう。ヨルは涙と唾液でぐちゃぐちゃになった顔でひたすら息を上げていた。

ずっ、と指が引き抜かれて、そんな刺激でさえも尻が粟立つ。思わず甘い声を上げたら、由上が抱えていた左手をゆるめて、髪を掻き混ぜた。

「よくできました」

「……はぁ…はぁ……」

荒い呼吸を吐くだけで、返事はできない。けれど快感に浸された頭でぼんやりと、〝準備完了なのかな〟と思う。

「……じゃあ……もう………セックス、できるってこと？」

アナルはだいぶ開発されたと思う。もう羞恥心も恐怖心もまったくない。ウエルカムだと軽口を叩きたかったが、ヨルはうつ伏せたまま、掠れたような声で聞くぐらいしかできなかった。

ヨルはそのまま、ベッドの縁に腰をかけて見下ろしている由上の膝に手を伸ばした。その先には、まだ一度も吐き出していないはずの猛《たけ》りがある。

「オレ……もう、いつでも、初夜で……いいよ」

由上の目がふと和んだ。いつの間に、この男はこんなやさしい目で見つめるようになったのだろう。

「初夜は、大事にしないとな」

「？」

充分、大事に手順を踏んでもらったのではないだろうか。

それにここは高級リゾート地だ。土の上でも、藁の寝床でもなく、スプリングの利いた上等なベッドに、この世界にしては高級なリネンで、特別感は充分あると思う。

けれど、由上はただ笑うだけだ。

「由上……？」

「お前を抱くのは、現実の世界に戻ってからと決めてる」

静かな声だ。だからこそ、由上は本気なんだと思う。思わず手をついて身体を起こすと、由上は涼やかな眼差《まなざ》しを向けてきた。

「抱くなら、生身のお前がいい」

——由上。

「だから、早くあっちの世界に戻ろうな」

ぽんと頭に手を置かれる。

「うん………」

ちょっと気恥ずかしくて照れる。けれどヨルは笑って頷いたあと、伸ばしかけていた手をさらに奥へ進めた。

「でも、初夜まではまだ先だからさ。こっちも練習させてよ」

浅穿《ば》きで、黒い一分丈の浴着の下は、見ていても苦しそうなほど張り詰めている。その猛りを撫でると、由上が目を眇めた。本当に、こんな時でもイケメンは崩れない。

――こいつのクールな顔を崩せるくらい、テクニックを磨きたいよな。

ヨルはベッドから下り、由上に向き合うようにして床に座ると、浴着に手をかけた。


結局、そのあとふたりで精根果てるかと思うほど吐き出し合い、心地よく疲れて怠惰な眠りを貪り、食堂にすら行かなかった。ようやく動く気になったのは、月が煌々《こうこう》と輝き始めてからだ。

「風呂に、行こっか……」

「ああ」

ふたりとも汗と体液でべとべとだ。腹も減ったが、食堂ももう閉まっているだろう。替えの浴着とバスローブを持って回廊を渡り、露天風呂に行く。ここは源泉かけ流しだから、二十四時間湯が湧き続けていた。

さすがにもう人はいない。山と山の間に神々しい銀色の満月が昇っていて、湯はなめらかに月光を映し出している。

「さすが、異世界の月は低くてでかいよな」

引力で落ちてくるんじゃないかと思うくらい地面に近くて、銀色に広がるクレーターの襞の影まで見える。たなびく雲は青みを帯びていて、深い紫への鮮やかなグラデーションが綺麗だ。

タイルに着替えを置き、ざっと身体を洗って湯に入る。さんざん喘いだ身体に、温泉が心地よい。

「はぁー、いい湯だな」

ちゃぷんと波音を立てる湯に肩まで浸かったら、隣に来た由上がプールみたいな風呂の端を目で示した。

「ほら、来てるぞ」

「モチ……」

モチは前足を揃えてゆらりと尻尾を動かしている。由上に〝急いで追いかけなくても、伝えたいことがあるなら必ずまた現れるはず〟と言われたが、本当にその通りだ。

ヨルは湯に入ったまま、モチのところまでゆっくりと泳ぐように近づく。

「モチ……オレたちに、何が言いたいんだ？」

「にゃあ」

ぱふん、と尻尾がタイルを叩く。ヨルは思いついて湯から上がった。

「ちょっと待ってろ、いいもの持ってくる」

バスローブを引っ掛け、部屋まで走って戻る。そして旅の携帯用に持っていた乾燥豆をばらばらと猫の前にこぼした。

「猫スタンプなんて大変だろ？」

水で字が書ける猫なら、豆でも書けるだろう。向かい合わせにしゃがんで眺めていたら、モチは器用に前足でチョイチョイと豆を転がし、「@」を作った。

「？　アドレスを教えろってことか？　オレの？」

モチはふいっと顔を背けた。プッと音がして、ただならぬ臭いが来る。

「わ、臭え……」

「違うってことだろうな」

由上が湯の中で笑っている。モチは前足でアットマークを崩し、まるで遊んでいるように豆を動かしていた。

──なんだろう？　十字？

教会とか、そういうやつだろうか……でもその下にも豆を集めていて、それはだんだんハートマークに整えられていく。モチの頓智《とんち》みたいなメッセージを前に考え込んでいると、由上も湯から上がってバスローブを羽織り、隣に来た。

「ヘルプマークか？」

「あ、そうかも」

十字の下にハートマーク。赤地に白抜きで、バッグなどに提げておく印《しるし》だ。

「ヘルプ……助けてくれる人のアドレスってことか？」

「にゃあ」

今度は正解だったらしい。モチはニッと笑う。由上が念を押した。

「生きていた時の世界で、俺たちの助け手になりそうな人のアドレスということでいいのか？」

驚いたことに、モチは頷いた。現世で見たら、ちょっと妖怪じみていてビビるくらい、月夜の白猫は人間臭い仕草をする。

でも、これは地獄に垂らされた仏様の細い蜘蛛《くも》の糸のようなものだ。ログインした記憶のない自分たちが、外の世界とコンタクトを取るなら、〝外側〟からの手助けは確かに必要だ。

モチが、その架け橋になってくれるのだろうか。

「って、いっても……他人のアドレスなんてフルで覚えてるわけないよな」

会社のアドレスなら、@から下が同じだからどうにかなるかもしれない。けれど、もうこちらの世界に来てから二年以上過ぎている。誰が会社に残っているかもわからないし、ふたりとも事故が会社絡みだっただけに、うっかり社のアドレスに連絡を入れるのは危ない。

由上も黙って悩んでいる。信頼できる人がいたとしても、アドレスまではなかなか覚えてはいない。

「いや……まてよ」

――ひとり、ヘンなアドレスの奴がいなかったか？

「連絡できそうな奴がいるのか？」

「うん……由上が死んだあと、一緒に社内を探ってくれた連中がいて。井田《いだ》って覚えてる？」

「ああ、分析課の……」

「そうそう。あの、ちょっとコロッとした体格の。井田も由上の行方を捜してくれたんだ」

その時、社を経由せず連絡が取れるように、個人アドレスを交換した。

「小学校の校歌の出だし一行を全部アドレスにぶっこんだんだって……面白かったから覚えてた。@

から後ろはフリーメールアドレスだったから、たぶんいけると思う」

ヨルは猫の代わりに、ＣＨＡＢＡＴＡＫＥ……と一つずつ豆を動かす。

「茶畑わたる風薫り……＠……」

確か、埼玉《さいたま》の出身で狭山《さやま》のほうだ。

――さすが茶どころだよな。

モチは黙って眺めている。ヨルは急に不安になった、モチは悪い奴だとは思えないけれど、もしこのメールにおびき寄せられて、井田まで異世界に飛ばされて来たらどうしよう。思わず不安を口にしたけれど、由上は大丈夫だと断じる。

「そんな罠《わな》があるなら、お前にも俺からのメールが来てたはずだろ」

「そ……そうだな。てか、オレのメールアドレスは覚えてたのか」

「当たり前だ。送る方法があったら送ってる」

励ますように抱き込まれる。そうされるだけで、なんだかもう助かって元の世界に帰れる気になる。

――大丈夫。オレたちは絶対帰れる。

安心して寄りかかり、そして目を開けたらモチはいなくなっていた。

15．シ者現る

ツトニたちが待ち望んでいた〝案内人〟は、それから二日後に現れた。

水面はきらきらと陽を弾いて波打っている。すっかり慣れた食後のひと風呂を楽しんでいたら、湯ぶねの向こうにモチが現れた。

――モチ？

ヨルも由上も、黙ってツトニの背後にいる白猫を見る。ふさふさの尻尾は、まるで定規で描いたようにピンと斜め45度を指していた。尻尾の先端が矢じりみたいにふたまたに逆立《さかだ》っている。

――部屋へ戻れってことか？

啼くでもなく、近寄るでもなく、道路の標識みたいに真っすぐな矢印を示されて、ヨルたちは適当に〝上がろうか〟と声をかけ合いながら風呂から上がった。

「ツトニさん、じゃあお先に」

「ああ、またな」

にこやかに去りながら、本館から続く回廊に人影を見つける。

一見すると、ずいぶん品のある貴公子風だ。波打つ黒髪にエメラルドグリーンの上着と細身のパンツ。肩には軍服のような房飾りがついていて、護身用程度だと思うが、細身の剣を身につけている。黒い革のブーツといい、ちょっとリゾート地では浮いた服装なのに、まったく気にする様子もなく当然のように露天風呂へ向かっていた。

――あれで、風呂に入るのか？

旅の途中で立ち寄った王子様か何かだろうか？　気になるけれど、モチの警告は無視できない。ヨルたちは気づかないふりをしてすぐ扉を開け、別館に続く回廊に入った。

内廊下を曲がり、完全に姿を消してからそっと戻り、風呂場へ向かった男の背中を窺う。

「モチの警戒はあの男かな……」

「かもな」

男が浴槽の近くまで行ったところで、そっと扉を開ける。声は充分聞こえた。

ツトニたちは緊張した顔で、風呂の中から男を見上げている。

湯ぶねは、高く上がった太陽の光を受けてキラキラと眩しい。男は湯の中にいる上半身裸の連中を前に、優雅な声で言った。

「スカウトをお待ちですか？」

「は、はい……」

ツトニが上擦った声を上げ、手下と取り巻きが一斉に頷く。いつの間にか横一列になっている。〝案内人〟はゆっくりと頷いた。

「では、ご案内しましょう。出発は今宵《こよい》0時です。正門前でお待ちしていますよ」

はい、と男たちは一にも二にもなく返事をした。だが、案内人が踵《きびす》を返そうとすると、ツトニだけが〝お待ちください〟と呼び止める。

「何か？」

「貴方様が間違いなく案内人であるという証《あかし》を……」

「……」

沈黙をもって答える案内人に、ツトニの声は硬い。

「私どもは貴方様に全財産をお渡しします。身一つでしかその門をくぐれないことは承知の上です」

だから、貴方が案内人であるという確たる証拠が欲しいと言う。聞いていたヨルは驚いた。

――財産没収なのか。

もし〝やっぱり肌に合わない〟という時は、財産は戻ってくるのだろうか？　そうでないなら、あまりにもリスキーな賭けだと思う。無一文では、辞めるに辞められないではないか。

案内人からは苦笑めいた気配がした。

「よいでしょう」

すっと襟元に手が行く。背中からではわからないが、どうやら服のボタンを少し外したようだ。それを見ていたツトニたちがどよめいているから、とにかく納得できる何かなのだろう。

「これで、信用に値しますか？」

「は、はい……それはもう……」

大変失礼いたしました、とツトニたちは平身低頭だ。案内人は何事もなかったかのように、では……と言ってくるりと回廊へ戻ってくる。ヨルは開いた扉の隙間から、襟元を直す案内人を見た。

――あの模様……。

鎖骨に近い首の右側に、丸い丸薬のような赤いマークが六つ。コジモ銀行の小切手にあった印だ。

男が歩み去る足音が小さくなり、聞こえなくなってからヨルが息を吐く。

「マジか……銀行へのスカウトって……」

「都市伝説ではなかったわけだ。あいつらは喜ぶだろう」

マークについては由上に教えてもらった。十五世紀ぐらいにフィレンツェで実権を握ったメディチ家の紋章に酷似しているのだそうだ。コジモ・ディ・メディチは銀行業で莫大な利益を上げ、時の教皇まで輩出している。この世界が十五世紀設定なのは、そのせいじゃないかとまで勘ぐっていた。

薬屋がその祖だと言われている。だから、メディチの紋章は丸薬がモチーフだ。

「……どうする？　由上」

どうみても怪しい。けれど由上は迷っていない。

「距離を置いて尾行しよう。間にあのふたり組を入れておく。万一気づかれても、奴らが囮になる」

ついて行かないほうがよければ、きっとモチが現れて止めてくれるだろう、そう言われてヨルも頷いた。モチのことは、信じたいし、信じている。

「うん。じゃあ、旅の用意をしなきゃな」

目立たぬように館を抜け出し、ふたり分の馬や寝袋を調達しなければいけない。何日かかるかわからないから、食糧も日もちしてかさばらないものが必要だ。もっとも、ツトニたちは自分の準備で頭がいっぱいだろうから、彼らに見つかる心配はしなくていいだろう。

ついて行っていいのかモチに確認したかったけれど、白猫の姿は見えないままだった。

そして真夜中になり、長らく滞在していた男たちは続々とチェックアウトして門の前に集合した。思ったより多くて、ツトニの取り巻きの他に、全部で十人ほどいる。ヨルたちは事前に宿を引き払って街へ行くふりをし、街道から少し入った森でそれを見ていた。

――金を持っているかどうかは、関係ないんじゃないか……。

コソ泥稼業の男たちは、リゾート地に逗留できるほど裕福な連中しかスカウトされないと思い込んでいたようだが、そもそもツトニ以外の連中は、そんなに羽振りがいいようには見えなかった。特に、増えた顔ぶれを見ると、どれもこれも後ろ暗い事情があるようにしか見えない。

――競馬場でスッちゃったおっちゃんっぽいんだよな。

覇気のない表情、丸まった背中……人品骨柄《じんぴんこつがら》と思わず言いたくなるほど困窮感がにじみ出ている。中には、この宿の従業員だと思われる男の姿もあった。

――リゾート地集合っていうのは、単に一般人があまり近寄らないエリアっていう意味じゃないかな。

バスツアーでもあれば別だが、この世界の移動手段は馬か徒歩だ。歩く人は山奥の保養施設なんかわざわざ立ち寄らないし、馬を調達するにはそれなりに金がかかる。よほど〝このリゾート地に行く〟という強い意思があるか、金に余裕があるかしないと来られないところなのだ。

金に困らない富裕層はスカウトなんかには乗らないだろう。あとは〝スカウトされたい〟という連中だけで、元の世界における気楽な旅行客などはいない。だから、スカウトする側は選別がしやすいのだと思う。

――人里離れてるのも、目撃者が少なくていいし。

宿場町だと、人の目は避けられない。毎回のスカウトでこれだけ人が集まっていたら、目を引いて絶対噂になる。つまり、これは極秘にしたい事情があるのだ。

——こんな訳ありばっかり集めて……絶対ロクなことじゃない。

けれど、ついて行く男たちはそう思わないらしい。わりと常識がありそうなツトニさえ、まるで一世一代の大勝負に出るかのような、気の張った眼をしている。

「あいつらだって、絶対すねに傷持ってる連中ですぜ」

すっかり手下になってしまったコソ泥無職の男が、隣で呟く。彼らには約束通り残りの金を渡し、さらに馬まで渡してやったので、なけなしの忠誠を尽くしてくれている。こちらも人手は欲しいので、ウインウインだ。

「あのツトニって野郎だって事業家を気取ってたけど、たぶん資金繰《ぐ》りできなくて首が回らなくなったに違いない。まともな奴ならこんなことに金を突っ込むわけがないんだ」

他人の金を盗んでまで首を突っ込もうとしていたお前が言うかという感じだが、同類嫌悪なのか、しきりに彼らを悪く言う。ヨルは、自分のことを棚に上げて悪態をつくふたりにうんざりして距離を開けた。場所をずらすと、ツトニの幌馬車の上に白猫の姿を見つける。

——モチ……。

向こうもヨルを見ていた。幌の上で前足を揃え、月明かりに白い毛並みを浮き上がらせる姿は、まるで神託を告げに来る使獣のようだ。

——モチ、オレたちはこのまま尾行していいんだよな。

エメラルドグリーンの服を着た案内人が一同を見渡し、人数も確かめず出発しますとだけシンプルに告げる。全員が自前の馬車や馬に乗ってガタゴトと街道を進み始めた。ヨルはモチが幌馬車の上で行儀よく揺られているのを見ながら、距離を置いて先にコソ泥組を行かせ、そのあとに自分たちが続いた。

森は虫たちの鳴く声がこだましている。

モチは、止めなかった。

リゾート地からは、十日間の旅だった。

一行は、まるで夜逃げのような移動の仕方をする。昼間は森の中に隠れて眠り、日暮れを待ってから出発するのだ。

食料は全部自前だから、装備の甘い者はあっという間に備蓄が尽きる。けれど宿場町には寄らせてもらえない。始まって何日もしないうちに、一団は食える者と食えない者の間でギスギスしてきていた。

けれど案内人は何も言わない。案内人は予め行程分の装備をしているらしく、毎日涼しい顔で焚火に当たり、食事をしていた。彼には二名の従者がついていて、華奢《きゃしゃ》な馬車に乗っている。

——こんなに何日もかかるなんて、思わなかった奴もいるだろうしな。

後ろで焚火のおこぼれに与《あず》かっている男たちは、手持ちの食料がなければ、野生の獣を仕留めるか、そこらに生《な》っている木の実や草で飢えをしのぐしかない。ヨルたちはそれを遠目に観察した。

時々、うまく隠れるところがなくて距離が開いてしまう時は、モチが夜中に巨大化して場所を報せてくれる。それを見るたびに、自分たちの選択が間違ってはいなかったと確信した。

由上の見当によると、彼らはフィレンツェへ向かっているらしい。コジモ銀行の本拠地だと思えば頷ける話だ。

だが、十日目の真夜中、市街地の気配すらしない山中で案内人の馬車が止まった。

街道から少し入った場所で、そこだけ丸く開けた場所になっている。緑の服を着た案内人は優雅に馬車を降りて言った。

「到着です。身に着けている服と靴以外のすべてをここに出してください」

馬車や馬に括《くく》られている荷物はもちろん、携帯用にと隠していたわずかな貴金属類も提出させられる。隠そうとしても、ひとりひとり案内人の前に立たされ、両脇から従者たちが身を改めるので、誤魔化せない。

——所持品以前に、気力が奪い取られてる感じだ。

森の茂みの陰から様子を窺いながら、ヨルはそれも計算ずくだったのだろうと推測する。

唐突に現れて、相手に準備する隙を与えない。最初から案内人と彼らの間には上下関係があるけれど、先の見通しがつかない状態で盲目的について行くしかなく、ここで判断力や思考を手放す。さらに外部との接触が断たれていることで、〝この人の言うことを聞かないと生きていけない〟というところまで心理的に追い詰められる。そして飢えが理性的な判断力を奪っていく。典型的な洗脳方法だ。

男たちは無一文にされ、案内人に先導されてさらに森の奥へと向かう。馬車や馬を置きっぱなしにしていいのかと思っていたら、彼らが消えたあとにわらわらと制服を着た兵士がやってきた。色は案内人より地味なモスグリーンだけれど、デザインが似ている。

「どうやら、ここはもう彼らの本拠地らしいな」

下生えだけの開けた場所なのは、毎回ここに人を集めているからだ。一列になって歩いて行った道は舗装されていない獣道だが、通っているのは動物ではなくこういう人間たちだと思う。ヨルは〝行くか？〟と目で示した。

すでにコソ泥ふたり組は列の最後にくっついている。どさくさに紛れてスカウトされた者たちの一員になるつもりだ。案内人も従者も、最初から全体の数など気にしていない感じだった。ついてきたい者はくればいいという態度だし、ここまできて脱落はない、と踏んでいると思う。最後尾の見張りもない。

そして、人影が森の暗がりに消えそうになったあたりで、幌馬車の上に乗っていたモチがとんと獣道へ下りた。

ゆらゆらと立てた尻尾でクイッと合図を送りながら、白猫が列の後ろをついて行く。

来い、ということだ。ヨルは由上と頷き合い、足音と気配を消してそれに続く。

――ここ……自然に見せているけど、手入れをされている道だ。

山道は暗い。本来の植生なら、日が暮れたら足元が見えなくて歩けない。けれど小路の両側の枝葉はさりげなく伐《き》られていて、路が細いわりに月明かりが射し込んでくる。根の盛り上がりがくっきりと見えるほどだ。

路は斜面に沿って上ったり下ったりを繰り返しながら、やや下に向かっている。小一時間ほども歩いた頃に、巨大な崖下に着いた。

そこは縦に筋が入った岩々がでこぼこと影を作っている。案内人が右手を差し出し、厳《おごそ》かな声で呪文のようなものを唱えると、岩壁全体が青く発光した。

一瞬で岩壁が消え、ぽっかりと黒い入り口が現れる。

――すげー、魔法みたいだ。

異世界に来て初めて見た〝らしい〟光景だ。連れてこられた連中も同じだったらしく、感嘆の声を上げている。これは気持ちが呑まれるだろう。けれど逆にヨルはこれで冷静になれた。この仕掛けは遊園地のアトラクションみたいなものだ。最初にインパクトを与えると、その世界観に入り込ませやすいから魔法のように見せているに過ぎない。

――こんなの、仮想空間ならいくらでも操作できるしな。

予想通り、案内人は中を指し示し、いかにもという感じの声で告げる。

「さあ、貴方がたの望んだ成功への扉です。誓いを守れる者だけが、足を踏み入れることを許されるでしょう」

さりげなく〝貴方が望んだこと〟と自己責任を暗示し、本人たちの初志を思い出させる。そうやって念を押されているのを見ながら、ヨルはなんだか彼らが気の毒になった。

確かに彼らは一攫千金を狙いに来たのだろうけれど、それぞれやむを得ない事情があったのだろうと思う。ツトニが事業に失敗しているかどうかはわからないが、コソ泥組も含めて、皆、金銭的に追い詰められての選択だ。本人たちは躊躇いもせずに中に入って行く。気が重くなりかけたけれど、白猫がコソ泥組の後ろにさっと続いたので、ヨルたちもそれに倣《なら》って滑り込んだ。

入り口はセンサーか何かで閉じるらしい。しばらく後ろを気にしていたら、なんの操作もなくすっと元の岩壁に戻っていった。

「では、皆さんにはこれからひとりずつゲートに入っていただきます」

洞窟の中は薄暗い巨大な空間で、案内人の声が反響してよく聞こえる。男たちは神妙な顔をして説明を聞いていた。

「いくつもの歯車がありますが、一つの歯車に対して正しく開く組み合わせは一つです。歯車を回して、正しい組み合わせが出るまで試してみてください」

そうやって歯車の関門を一つずつクリアしながら、この迷路のような空間を進むらしい。ゴールまで辿り着くと、歯車の動きが金貨を製造する。

「製造された金貨の権利は、歯車を動かした貴方がたのものです。金貨の価値は変動します」

たとえ今は金貨一枚＝一万円の価値だったとしても、相場が変動すれば金貨一枚が二十万にも三十万にも跳ね上がると案内人は言う。

「これまでの最大記録は、御存じの方も多いと思いますが六百倍です。金貨一枚分の労働原価で、限りなく高利益を叩きだせるのです」

金貨の価値は間違いなくコジモ銀行が保証する、と彼は言い、ゲートを手で指し示した。

「どれだけ資産を造れるかは、貴方がた次第です」

さあ、どうぞという言葉と同時に、遊園地のアトラクションのような柵が横に引かれる。そして歯車がドゥンと回転し始める鈍い音が響いた。

わっと声を上げ、男たちが競走馬のようにそれぞれのゲートを選んで飛び出して行く。ヨルは不気味な興奮に満ちた光景に、ぞわりと不快感を覚えた。

歯車は高さがゆうに十五メートルくらいある。ちょうど、腕時計の中の歯車が巨大になったような感じだ。高さも直径も異なる大小さまざまな歯車が組み合わさっていて、時計と違うのは、その歯車を動かすのが人力というところだけだ。

この空間の天井は、百メートルくらいあるんじゃないかと思うほど高くて、上のほうは暗すぎて見えない。足元も、歯車のところだけが床のライトで銅色に浮かび上がっていて、重く鈍い軋みを上げて回転している。時おり、正解の組み合わせが出た場合なのだろうと思うけれど、カシャーンと歯車が噛み合った音が響く。スチームパンクさながらの景色だ。

――やばくないか、これ。

人力が動力の巨大な仕掛け……どう見ても、古代の奴隷労働力の異世界バージョンにしか見えない。

驚いた顔のまま由上を窺い見ると、彼は眉を顰めている。

だが、白猫が動いた。連れて来た男たちが全員ゲートに入ると、案内人はすっと右手の壁際へ向かい、従者ふたりもそれに続いた。その後ろに白猫の尾が揺れている。

ヨルも由上も気づかれない程度に距離を開けてついて行く。人の姿がほとんどないのと、照明設備が見当たらないのが幸いした。しばらく歩くと彼らは壁沿いの細い階段を上ったので、当然、ヨルたちも足音を忍ばせて上がった。

俯瞰《ふかん》で見る歯車はさらに圧巻だ。歯車の間に小さく人の姿が見える。

――うわ……〝見ろ、人が蟻のよう……〟のやつ……。

階段を上がると、手すりつきの細い通路が洞窟の壁に沿って続いている。案内人たちはそのまま通路の奥に行ってしまったが、モチはあるところで止まった。

案内人のエメラルドグリーンの服が見えなくなる。ヨルは前足を揃えて座っているモチの前に屈み込んだ。

「見失っちゃうぞ？　いいのか？」

「にゃあ」

いいらしい。モチは左足を上げて〝お手〟をしたそうな感じで止まっている。

「？」

その手を受けるつもりで左手を出したが、前足は乗せてこない。それも、思わせぶりに前足を置きかけて真上で止める。

「お手じゃなくておかわりなのか？」

右手を差し出してみたが、やはり同じように寸止めを食らった。この謎掛けはなんなのだろうと首をひねっていたら、手すりを摑んで下を見下ろしていた由上が振り向く。

「〝マテ〟ってことか？　モチ」

モチはまん丸な瞳を向け、にゃあと答えた。正解だ。

「そっか、ここで待てばいいのか」

伝わったと認識すると、モチは手を引っ込める。とりあえず、この場にいれば次に何かがあるらしい。警備とか巡回者の姿もないし、モチがそうしろと言うのなら、下界でも眺めて待とうと決め、ヨルは立ち上がって由上に並ぶ。

眼下に広がる世界は、ある意味地獄絵図さながらだった。

男たちは人ひとりやっと通れるくらいの通路を進み、次から次へと歯車の組み合わせを試す。下から見ている時はわからなかったけれど、塔のように見えた歯車は、全部で三列の歯車になっている。歯車と歯車の間にはAからZと数字が刻印されたリングが嚙まされていて、リングを回すと文字が一つずつ回る。それが、反対側の歯車にもあるのだから、組み合わせの数はべらぼうに多い。男たちはそれを懸命に押したり引いたりしながら試していく。一つが開いてもすぐ次の歯車があって、ゴールまでは長い道のりだ。

上から見るとよくわかる。床が白いLEDライトのように明るくて、男たちの現在地が見えるのだ。来たばかりの男たちはまだ一つ目の歯車で悪戦苦闘しているけれど、奥のほうではどうにかゴールに辿り着けた者もいる。

最後の歯車が開くと、チャリーンと可愛いゲームのような音がして、空中に金貨が浮かぶ。よれよれの男はそれを両手で嬉しそうにもぎ取った。だが、それをどうするのかと思ったら、出口の前には丸薬マークを掲げたコジモ銀行の窓口がゲートごとに並んでいて、男はようやく手にした金貨を受付カウンターに預けに行った。

受付嬢はにこやかだ。さすがに声は聞こえないが、金貨は銀行へと預けられ、代わりに預かり証のようなものを受け取るらしい。カウンターから離れた男は大事そうに紙切れを眺め、折り畳むと尻ポケットにしまった。そしてまた男は壁沿いに入り口へと向かう。金貨を製造するために、再びあの出走ゲートみたいなところから歯車の中に入るのだ。

無限ループのディストピア……手に入れた金貨は、銀行に預ける限り、どんなに残高の数字が上がったとしてもただの紙切れでしかない。そしてもしここから出られないとしたら、どれほど大金を持っていようと、使いようがないだろう。

——こいつら、騙されてることに気づかないんだろうか。

金貨鋳造《ちゅうぞう》のための、無償の労働力になっている。憤っていると、隣で由上が静かに言った。

「上から見ると、エニグマみたいだな」

「エニグマって、あの、暗号を作るやつ？」

第二次世界大戦で、ドイツ軍が使ったローター式の暗号生成器のことだ。由上は、この場所の目的をずっと考えていたようだ。

「こいつは、暗号資産のための労働力なんじゃないかと思う」

仮想通貨とも呼ばれていたものだ。いわゆる〝WEB上のお金〟で、どこに、どのやり取りがあったかを扱う人全員で監視できる「ブロックチェーン」という仕組みがあるので、詐欺などの悪さができないとされている。

実際の紙幣や貨幣ではなく、電子空間にだけ存在する〝見えない金〟は魅力的だ。投機家たちも何度も参入し、そのたびに大儲けした人もいるし、大損した人もいる。

「電子決済がこれだけ進んでいるからな。遅かれ早かれ、いつか暗号資産の時代になる」

交通系のＩＣカードで決済したり、電子決済アプリで払ったりしているのは、あくまでも〝現金を電子マネーに変えている〟状態だ。金を使えば、銀行に預けてある現金やチャージした金が減る。それに対して暗号資産は〝電子でお金そのもの〟を造る。

暗号資産＝仮想通貨は実物のコインではない。実態は「電子データ」だ。ただし、こうした仮想のコインを作ったり維持したりするのには膨大なコストがかかる。たとえて言えば、一円玉を作るのに百円の原価がかかるようなものだ。改ざんなどをされないよう、ブロックチェーンで運用するにはべらぼうな演算が必要で、そうやってコンピュータを動かし続けるための電力などを含むと、製造原価がバカみたいに高い。暗号資産の普及が難しかったのは、この部分だと言われていた。

「これまでの暗号資産でネックだったコストの部分が解消されたら……それが、こんな風に仮想空間での人力演算だったら……」

一山当てようと目論んだ男たちは、ずっとこうして仮想の世界で働くのだろう。その間、彼らがリアルの世界で使っているパソコンなりモバイルなりの演算能力はすべて仮想の通貨を造るために使われる。ひとり、ふたりならたいした演算力にはならないが、何千、何万というユーザーがこれをやれば、理屈としては超並列コンピュータだ。スーパーコンピュータに引けをとらない計算ができる。

——しかも、どれだけ演算に時間がかかっても、彼らは気にしないだろうからな。

自分たちと一緒に入った男たちは、まだ最初の歯車と格闘している。これから、出口まで何時間かかろうと、たった一枚の金貨を得るために頑張るだろう。そうしている間、ＰＣを動かす電力は本人の自宅の電気代だから、仮想空間を運営している会社は痛くもかゆくもない。

「それで手にするのが、この世界では使えない金なんて……」

半分呆れて、半分同情でため息をつく。この世界はデジタル空間だから、目に見えるコインの形をしているけれど、おそらく現実の世界では仮想通貨が彼らの口座に入金されるのだろう。だが、たとえあの金貨に一万円の価値があったとしても、ゲートからゴールまで辿り着くのに十時間かかったら、時給としては千円だ。それなら、こんな大変な思いをしなくてもリアルな世界でアルバイトをすれば稼げる。案内人は〝どれだけ価値が上がるかわからない〟という煽り方をしていたけれど、株価と同じで、高騰する可能性がある分、下落することだってある。元本の保証がないのだから、もしあの金貨が五百円くらいになっても、文句は言えない。

「まさかと思うけど、この異世界はこんなことのために作られたのか？」

モチに問いかけた時だ、ほぼ瞬間的に視界が黒くなった。まるでテレビのリモコンボタンを押されたみたいに世界が消える。そこから、時間の感覚が鈍くなった。

――由上……どこだ。

手を繋いでおけばよかった。ヨルは何度もそう後悔した。

感覚のない手を動かそうとし、時おり意識が浮上し、そしていつしか視界が白くなった。

16．再会

――？

目を開けたら、視界は微妙なクリーム色になっていた。そこに、ちょっとドットの粗い昔風のテキストがタイプアップされてくる。視界全体がスクリーンになったみたいだ。

〈山之口、返事はできそう？　大丈夫だったら頷いて〉

こっくりと頷く。テキストが続いた。

〈今、山之口はVRスーツを着用したままで保存液の中に浮いてるんだ。これからすべての接続を切って水を抜く。浮力がなくなるから、着地の姿勢を取っておいて〉

これにも頷いた。パニックにならないように、事前にアナウンスしてくれるのはありがたい。文字は顔文字を含めて追加される。

〈ごめん、名乗るの忘れてた。井田だよ、連絡くれてありがとう〉

あの、校歌をアドレスにした同僚だ。モチは本当に外部からの助け手に連絡をしてくれたのだ。

――ありがとう。

伝わるのかどうかわからないけれど、ヨルも両手を合わせて頭を下げてみる。そこからしばらくしてVRスーツの接続が切られたらしい。モニターが見えなくなったし、手足の感覚もなくなった。その代わりどっと重力が押し寄せてきて、立っているつもりが身体を支え切れなくて座り込んでしまう。

ラバー製のスーツ越しに、生の声が聞こえる。

「山之口！　大丈夫か！」

――あ、本当だ……井田の声だ。

身体を支えられ、ゴーグルとエアマウスがついたフルフェイスのスーツを剝がされる。久しぶりの瞬きは、眩しくてしかも重い。宇宙から帰ってきた飛行士みたいな気分だ。

「山之口！」

「…井、田」

井田はいい奴だ。仕事での繋がりなんてちょっとしかなかったのに、ずっと一緒に由上の行方を捜してくれていた。今も、まん丸い顔に黒ぶち眼鏡の善良そうな顔をくしゃくしゃにして泣いてくれている。

「よかった……無事でよかったよ」

「ありがとな……」

由上は、と問う前に、井田が嬉しそうに言う。

「由上も無事だ。お前たち、やっぱり我が社のエースだよ。こんなに悪運強い奴はそういない」

「へへ……そ、かな……」

もっと話したいけれど、声もうまく出せない。無重力空間から帰ってきたみたいに、手も足も動かしにくいのだ。井田は何度も頷きながら、スーツの内側についていた胃瘻《ＰＥＧ》や尿道カテーテルを抜管し、担ぎ上げてくれた。

「そりゃ、三年も浮力に助けられて生きてたんだもの。いくらＶＲスーツで電気刺激を受けてたとしても、筋力は弱るさ」

――実世界でも、三年経過してたのか……。

軽い驚きだ。井田はもうひとりと一緒にストレッチャーに乗せてくれる。ガラガラと運びながら状況を説明してくれた。

「ここは日本へ向かう船の上だ。貨物船だからね、十数名の乗組員しかいない。僕たちはコンテナにつき添う乗務員として船に乗せてもらっている。だから、ここからしばらくは船室暮らしだ」

自分と由上が入っていた水槽型の生命維持装置を輸出するという形になっているらしい。もちろん、中は無人という建前でコンテナに積んだ。

「このまま大黒《だいこく》ふ頭でコンテナごと下船する。書類も整ってるから心配しなくていい」

横浜《よこはま》にある貨物専用のふ頭に着くまで、ゆっくりこれまでの三年間を語ってくれるという。

「もう、話すことだらけで幾晩も徹夜することになるくらいだよ」

「はは……ありがたいな……」

「お前も、教えてくれよ。何がどうなってたのか」

「……ああ」

まず、身体を休めてからと言われたけれど、心は込み上げてくるものがいっぱいで叫び出しそうだった。

――帰ってこられたんだ……。

リアルな身体の重みが嘘みたいだ。そして船窓から海が見える部屋に入れられ、ベッドに移されながら、こんな太平洋の真上まで救出しに来てくれた井田たちに、心から感謝した。

自分は由上のことが好きだったから、二年間捜した。でも、そこからさらに三年だ。同僚とはいえ、数年前に少しだけ一緒だった仲間のために、ここまでしてくれることに胸が詰まる。

「やまちゃん、由上さんのこと諦めなくてよかったね」

「小里《こざと》さん……」

もうひとりの助け手は、捜索チームの中で唯一の女性だった小里望《のぞみ》だ。可愛くて小柄な人で、布団をかけてくれた時に、彼女の左手薬指に指輪があるのが見えた。

あれ、と思って井田の手に目を走らせると、ペアリングが見える。

——ああ、そういうことか……。

由上を捜していたのがきっかけだったのか、自分のいない三年の間に関係が深まったのかわからないけれど、このふたりが幸せで、そして夫婦で自分たちを救出しに来てくれたことが嬉しい。

「まずはゆっくり休んで。時間はたっぷりあるから」

「うん……」

潮の香りがする。ヨルは目を瞑った。


どうにか立ち歩きが普通にできるようになったのは、四日目からだった。

半袖の白Tシャツに膝丈の麻のパンツ、裸足にクロックスという軽装で、ヨルはストレッチをしながら二の腕やふくらはぎの筋肉を確認する。

――それほど、細くなってないよな。

普通なら、寝たきり生活を半月も送れば相当筋肉が衰える。三年以上リアルに身体を動かさなかったのに、ここまで早い回復ができたのは、ＶＲスーツのおかげだ。

スーツからは、常に仮想世界と自分の肉体とを連動させるための電気刺激が行き交っている。実際には身体を動かさなくても、筋肉は電気刺激を受けて、リアルに動く時と同じく筋肉細胞を収縮させる。その動きはＶＲスーツの内側で読み取られ、デジタル化されて、仮想世界で走ったり寝転んだりという動きに変換された。だから実際の身体は動いていないけれど、筋肉は日常生活と変わらぬ頻度で使われていたのだ。筋力に衰えがないだけではなく、保存液で浮かせて維持されていたから褥瘡《じょくそう》もない。肉体のダメージは最小限だ。

夜明けを見にデッキに出ると、すでに先客が筋トレを終えて潮風に吹かれている。こちらもタンクトップに黒のカーゴパンツというラフないで立ちだ。

「おはよう」

「ああ、おはよう……」

振り向いた由上の生身に、ヨルは目を眇めた。仮想空間にいた時と変わらないけれど、少し伸びた髪が風に逆巻いて、朝陽を受けた頰のシャープな輪郭が眩しい。

――由上……。

見ているだけで胸がいっぱいだ。

由上と現実の世界にいる。もちろん、戻ろうと努力したし、由上も戻ると宣言してくれていたけど、現実には不可能に近い話だと思っていた。けれどここは元の世界で、由上は死んでいなくて、呼吸をして、生きて隣にいる。

このまま抱きしめてしまいたくて、ヨルは持て余した心を落ち着かせるために大きく息をし、隣で膝を抱えて体育座りになった。このまま見つめていたらきっと手を伸ばしてしまうし、そうしたらキスしてしまう。

さすがに、井田たちに見られそうなところでそれはできない。

由上は、座り込んだ自分をどう思ったのかわからないけれど、穏やかに見つめてくれている。でも、なんだか照れくさくてうまく話せない。

沈黙に潮風が轟々《ごうごう》と耳を塞ぐ。どこまでも続く海原はアスファルトみたいな色をしていた。

結局、会話は他のことになってしまう。昔、仕事の話しかできなかった頃に似ている。

「モチからの連絡、十時からだっけ……」

「ああ」

自分たちと井田を繋いでくれた助け手・モチと今日、オンラインで対面するのだ。由上は指定時間から時差を推測して、アメリカあたりに住んでいるのではないかと指摘していた。

井田には、突然モチと表示されたアカウントから〝山之口夜と由上君良を救出するために協力を願いたい〟というメールが来たそうだ。名前がリアルだから悪戯だとは思わなかったが、罠の可能性もある。井田は〝モチ〟が何者かを探ったそうだ。

――そこですぐにモチが何かを突き止めるのがすごいよな。

小里がヨルの妹に接触し、祖母の飼い猫の名前に辿り着いたらしい。モチのアドレスに〝白猫〟の文字が入っていたことも決め手になり、ヨルのことをよほど知っていないとこの名前にはならない……と彼を信じることにしたのだという。

ふたりとも〝モチの言う通りにやっただけだから〟と笑うけれど、連絡を受けてからすぐにイタリアまで飛んでくれた。指示があるまでホテルで待機していて、モチが命じたタイミングで業者を装って病院に行き、保存液で満たされたヨルと由上のガラスケースを設備ごと運び出したというのだからすごい。モチの手腕もあるけれど、小里たちのエージェントとしての能力が高かったからこそできたことだ。

――小里さんも、ああ見えて実力はピカイチだからな。

容姿に騙されてはいけない。小里は童顔でふんわりしているけれど、そこらの男も顔負けなほど柔術や射撃に長けていて、医療資格も持ち、三か国語を操る最強ボディガードのひとりだ。アーティストなど、女性警護の際に指名度が高い。反対に、井田は事務方だ。プログラム系に強く、情報収集やバックアップを担っていた。ヨルも、オフィスではサポートをしてもらった。狸風の癒し系な外観と、能力とのギャップがすごいのも、彼の魅力の一つだと思う。

「それにしても、モチって何者なんだろうな」

仮想空間にいたことも、そこで自分たちにアクセスしてくれたことも不思議だが、リアル世界での手際のよさがただ者ではない。

「オレたちの身体がある場所を知ってて、運び出す手筈《てはず》も全部整えたんだろ？」

情報力も必要だし、財力も要る。すごいと思うけれど、なぜそこまでして自分たちを助けてくれたのかが不思議だ。

由上も、やっぱり楽観していない。なんの裏もなく、優遇されることはないのだ。

「これだけのことをしたんだから、モチにもそれなりの目的があるんだろうな」

――願わくば、あまり嫌な理由ではありませんように……。

持ち前のネガティブ思考に引きずられそうになりながら、ヨルはアスファルトみたいにぎらっと輝く海面を眺めた。


対面の十時より少し前に、井田を含めた四人はコンテナの中に入った。予め、モチから井田たちに送られていた連絡用のパソコンを開く。このコンテナはエアコン・エアサスペンションつきの精密機器対応コンテナだから、電源も取れるし温度管理も万全だ。ふたりが入っていた維持装置の電源を入れると、ちょっとSFチックな筒型のガラスケースの内側からLED照明が光って、真っ暗なコンテナの中でも、足元がちゃんと見えるくらいになる。

机などはないので、ノート型のパソコンは床に置いた。由上とヨルが並んで正面に座り、井田と小里が左右でカメラから見切れるギリギリに座っている。インカメラで見る自分たちは、モニターのバックライトに照らされて、ちょっと青みがかって見えた。

きっかり十時に、オンラインが開通する。画面には仮想空間で出会ったままのモチがいた。

「ここまで来てまだアバターなのかよ」

「第一声がそれか」

呆れた声とともにモチの姿が消え、切れ長の目をした東洋風の青年が姿を現した。

――あ、なんだすごいイケメンじゃん。

まだ十代ぐらいに見えた。真っすぐな黒髪を全部後ろで一つに束ねていて、由上がイタリア・マフィアの若きボスなら、モチのそれはチャイナ・マフィアの御曹司とでも言えるくらい、若そうなのに迫力がある。

白いバンドカラーのシャツ姿で、背景は自在に変えられるだろうからよくわからないけれど、温室か何かのように植物がいくつも見え、その奥に格子の窓らしきものが見えた。

「〝モチ〟君か、今回は救出してくれてありがとう。心から感謝する」

由上は威儀を正して一礼し、ヨルも背中から手で押されて一緒に頭を下げた。相手は愉快そうな声を上げた。

「〝モチ〟の姿で登場したほうが、信頼してもらえるかなと思ってアバターにしたんだけど……まあ、何にしろ無事に脱出できてよかったよ。おめでとう」

「いえ……あの、色々お世話になりまして」

ヨルも慌てて礼を言う。別に、喧嘩《けんか》を売る気はない。

相手は椅子の背にもたれ、ゆったりとくつろぎ直した。

「改めて自己紹介させてもらうよ。揺月《ヤオエン》だ。まあ、モチでいいよ」

モチは手短かに自分の立場を明らかにした。「自分のことから説明しないと、由上君が信用してくれないだろうからね」と笑う。

「僕の職業は、表向きはプログラマーだ。自分的にはホワイトハッカーのつもりでいる」

ホワイトハッカー……つまり、ネットワークに不正に侵入するハッカーたちとは対極の存在だ。主にネット上の犯罪捜査などに協力したりする。そして彼は、表の仕事で仮想空間『異世界転生』の開発に携わったのだという。モチは画面の向こうで机に肘を突き、指を組んだ。

「依頼されたのは追加開発のごく一部だ。だが、普通のプログラムではなかった」

「どのあたりに不審を覚えたんだ？」

由上が聞くと、やはり暗号資産関連の部分だという。

「そもそも、あの仮想空間は異世界をリアルに冒険する、アドベンチャー型の仮想空間だったはずだ」

なのに、サービスの拡張という名目で、膨大な計算ができるエリアがあとから組み込まれた。不正の匂いを嗅ぎつけた彼は、独自に調査を始めたらしい。

「別に、正義感に駆られてとか警察や公的機関から依頼されたわけではないよ。単純に興味というか、何を企んでいるのかを知りたくてね」

方法はけっこうスタンダードだった。まず、モチは何も言わずに受けた仕事を納品した。

「でもそこに、ちょっと自分が入れるように〝通路〟を作っておいたんだ」

秘密のプログラムを仕込んだソフトは、そのままシステムに組み込まれた。

「普通、システム内に不具合《バグ》があるかどうかは、サービスが始まる前にテストで潰すんだけど、あの仮想空間は常に変化し続けているからね、一回のテストではなく、空間内に常に〝見回り〟が動き回ってるんだ。僕は見かけ上、その一員になっている」

〝見回り〟はユーザーの邪魔にならないように、犬猫の姿でひっそり紛れているらしい。ついでに、ずっと疑問に思っていたモブ問題も、答えを教えてくれた。

「ゲームの世界で言えばね、勇者や魔法使いみたいに、ユーザーが成りたがるキャラクターとモブキャラは、それぞれ別なプログラムで動いているんだ」

メインのキャラクターは、ユーザーの動きに対応するAIで動いていて、ユーザー以外の人物は〝ノンキャラクターAI〟と呼ばれる別なプログラムで動いている。同じように、あの世界では勇者だと人間で、モブだとノンキャラクターAIなのだそうだ。

「たとえばヨル君のご両親役とか、宿屋の主人なんかは全部ノンキャラクターAIだね」

「……人間じゃ、なかったのか」

なんだかショックだ。仮想の世界とはいえ、あのベタベタにやさしかった王妃に、わりと感謝していたのに……。がっかり感を顔に出したら、モチは皮肉な笑みを漏らした。

「むしろ、君たちが事故を装ってまであの世界に放り込まれた理由は、このAIにあるんだけどね」

「え……」

いきなり謎の核心を告げられる。モチはちょっと面白がるように薄い唇の端を上げた。

「君たちはね、仮想世界を構築する人柱……〝生きたAI〟として放り込まれていたんだ」

——なんだ、それ？

ぽかんとしていたら、モチがわかりやすく解説してくれた。

「あの世界をＡＩだけで動かそうとすると、単調になってしまうんだよ。今のところ、ＡＩは別に〝知能〟でも〝生命体〟でもない。よくできたデータベースだからね」

一般的に、ＡＩと呼ばれているのは、〝深層学習〟というコンピュータ専用の学習をしたプログラムを指す。

「学ぶ教材が多いほど、ＡＩは〝物知り〟になる。けれど所詮は過去のデータを蓄積しているだけだ」

膨大なデータがあれば、本来は組み合わせもその分広がる。理論上、バリエーションはいくらでも作れるのだが、ＡＩは〝最適解〟を導き出すようにできている。人々がより多く使っている組み合わせを選んで答えを出してくるため、自然と組み合わせは集約されていく。変化が出るように計算上で偏向をかけることは可能だが、それすらもやはりある種のパターン臭が出てしまう。

「リアルさは追及できるけど、間違いのない答えを出す分、答えは単調になる。ワクワク感とか冒険を求める世界で、お行儀よく間違いのない世界は飽きちゃうだろ？」

では、もっと突拍子もない世界にするために、あらゆるユーザーからその行動を学ばせればいいじゃないかと思うところだが、それはできないのだという。

「コンピュータに、無制限で学ばせると危ないんだよ」

まず、コンピュータに正誤の判別力はない。もし人間が勘違いしていた内容でも、教材として与えられたら丸呑みで学習してしまう。間違った答えがそのまま〝正解〟になってしまうのだ。実際に、過去にネット上から無制限で学習させた例もあるが、ものの半日も経たないうちに排他的な発言を繰り返す極端なＡＩになってしまい、公開を中止している。

「どのＡＩも、学習教材は慎重に選別して与えている」

仮想空間を豊かでリアリティあるものにするには、膨大な学習が必要だ。けれど間違いがないだけの平坦な世界にはしたくない。矛盾する二つの目的を果たすために投入されたのが〝人間〟だという。

「どんなに演算力に劣っていても、ロジックに粗があっても、現段階では人間の想像力のほうが上だと言えるんだ」

表情によっては少年らしさすら見えるモチが、哲学者のように言った。

「君たちは、どうしてもきっちりしてしまう仮想世界に適度に偏向を加えて掻き混ぜ、かつ補完する要素として放り込まれたんだ」

これを可能にしたのが、機能的核磁気共鳴《fMRI》という技術だ。脳で考えたことを電気的に拾って画像化するという技術で、ずいぶん昔から研究されてはいたけれど、それまでは、林檎とか飛行機とか、ぼんやりした画像を結ぶのがせいぜいで、とても実用化できる代物ではなかった。

「間にＡＰＩをかませることで、驚異的に使えるようになったんだ」

人間のぼんやりした電気情報を学習したアプリケーションＡＩ《API》を挟むことで、ＡＩがそれを詳細な画像に変換し、仮想世界ではクリアな情報になる。

「ヨル君が僕をモチだと判断したのは、君の頭の中でモチの画像が浮かんだからさ。人間の視力はそんなに解像度がよくないから、けっこう脳のほうで適当に補完して理解している」

たぶん白い四つ足の魔物という時点で、ヨルが覚えている猫の姿が補完されたのだろうと言われた。

「じゃあ、あの魔物の姿はオレが作ったのか」

「君たちは、あの世界を構成しているＡＩの一つだったからね。君たちの認識や画像記憶が学習されて、世界に反映されていくんだ」

そうやって人間を組み込むことで、あの仮想世界は複雑でリアルなものになったのだという。

「３Ｄのリアルな地形だけを入れても、撮影されていない角度がある。もちろん、撮影された角度とそうでない角度をなめらかに繋げるソフトは入っているけれど、うまく補完できなくて変な映像になることも少なくない。人間が見ると違和感のある画像だとわかるんだけど、ＡＩだとそれを〝おかしい〟と感じることができないんだ」

それは、ヨルも聞いていて思い当たることがあった。

ひところ流行ったＡＩによる自動生成のイラストは、写真かと思うほどリアルなのだが、指の数を間違えていたり、あり得ないところに別な脚がついていたりした。人間なら絶対にしないミスだけれど、ＡＩはそれをおかしいと思わずに生成してしまう。

「人間の認識をかませることで、そういう違和感を自然に潰していける。君たちは無意識に自分たちの見慣れた景色を想像し、粗削りで解像度の低い仮想空間を、シームレスに補正していたんだ」

「あ、もしかしてやけにリアルな巨大カタツムリとか、羽の生えたドラゴンとか、その辺のテイストがバラバラだったのも……」

「リアリストとゲーム好きの人柱が入り混じったせいだと思うよ」

「と、いうことは、俺たちの他にも〝人柱〟がいるんだな」

由上が眉を顰めた。モチも否定しない。

「この規模の仮想空間だからね。ひとりふたりの人柱では成り立たない」

モチは、見回り機能を使って空間内を巡回し、ノンキャラクターＡＩの中にリアルな人間が混じっていないかを探し出そうとしていたらしい。

「メタバースの中では、生きた人間もＡＩも同じ電子情報だ。しかも巧妙に隠されているから、データだけ見ても判別できない。あの世界に入って根気よく人々を観察するしかなかったんだ」

「え、じゃあどうやってオレが人間だって気づいたの？」

モブキャラとユーザーの見分け方は、ある程度想像がついた。自分たちも何度か試したことがある。

〝前世〟話をした時、違和感があったのは全部モブキャラだ。宿屋の親父や料理運びの娘さんたちは、どこか答えが定型で、人となりに奥行きがなかった。

——種明かしをされると、確かにあの人たちは人間ぽくないってわかるよな。

あの愛情に満ちた王妃でさえ、ひたすら子を可愛がるようにプログラムされた子守りロボットのようだと言われれば、納得できる部分がある。

けれど、仮にモブではないと見分けたとしても、それで人柱になっている人間だとわかるものだろうか。仮想空間にログインしているユーザーかもしれないではないか。

けれど、意外な答えが返ってくる。

「君が、〝動物も転生するのかな〟と言ったからだよ」

最初から仮想空間『異世界転生』だとわかっていてログインしたユーザーなら、そんな台詞はまず吐かないとモチは指摘した。

「君は、本当にあの世界を〝一回死んで転生した世界〟だと思っていた。だから、猫も転生できるのかもしれないと口にしたんだろう？　そこから君を観察することにした」

そう言われても、ヨルにとっては納得ができない。

「でもさ、ツトニさんたちだって〝一回死んで生まれ変わってる〟って言ってたじゃん」

それと自分の発言のどこが違ったのだろう。

「あれはアカウント登録の儀式なんだ。世界観を演出するために、最初に『異世界転生』にログインする時、自分が死ぬところから生まれ変わるところまでをドラマチックに経験するようにしてある」

「〝仕組み〟って、それか……」

だからあんなに話が嚙み合わなかったのだ。でもこれでようやく腑《ふ》に落ちた。ツトニが「仕組みを知らない」ことに反応したのは、たぶん何かしら「人柱」の存在を知っていたのだろうと思う。

――オレが人柱としてあの世界に投入されている「システム側の人間」だと思い込んだんだな。

だからつい「案内人か」と聞いてしまったのだ。

アカウント登録の儀式は、トラックに轢かれるとか刺されるとか、死に方も選べるし、死んで転生する先のキャラクターも選べるという。ずっと黙っていた由上が口を挟む。

「わざわざ儀式を経験させるのは、〝人柱〟の存在を誤魔化すためというのもあるんじゃないか？」

誰もが一度死んで生まれ変わってくるという設定なら、突然異世界に人柱として放り込まれた人たちがどんなに自分の境遇を話しても、ログイン体験として一笑に付されてしまう。

――実際、オレたちはそれでずっと混乱してたんだし……。

モチも、由上の見解には同意していた。

「確かに、カムフラージュの目的もあるだろうね。人柱は今後も必要だし、今だって、どのくらいの人が基礎構成に投入されてるのか、僕も全貌は摑めていない」

仮想空間『異世界転生』は、メタバース・サービスの中では最大級の規模を誇るらしい。モチは厳しい表情になった。

「僕が今回突き止めた暗号資産工場は、あとからできた空間だ。でも、もともとの『異世界転生』でも、暗号資産は作られていた」

『異世界転生』で遊んでいる人たちのパソコンやスマートフォンに、ログインしている間だけ少しずつ暗号資産生成のための演算を担ってもらう。もちろん、ユーザーは自分のパソコンの処理能力の一部が計算に使われているなんて気づかない。ひとりひとりの負担はとても小さなものだ。

「けど、全部ネットワークで繫がっているからね。いわば、地球規模の計算機になるわけだ」

それなら、膨大な電力と演算が必要な暗号資産作りも安上がりにできる。最初から、ユーザーのパソコンの計算力目当てで作られた空間だったのだ。

「この方法だと、とにかく大勢のユーザーを集めて、その空間でいつまでも楽しく遊んでもらわないといけない」

ワクワクする世界観、夢と冒険を演出するために、わざわざ高い維持費をかけて〝生きた人間〟をＡＩに組み込んだのだ。

「事故を装って死亡手続きを取ってか……ずいぶん経費がかかるだろうに」

「そうでもないよ。大規模言語ＡＩを学習させたり維持したりするほうがよっぽど金を食う。由上君、あの有名なチャット型のＡＩが、一日の維持費にいくらかかるか知ってる？」

モチは面白そうに億単位の値段を挙げた。確かに、それを聞くと人間を病院で生かしながら使うほうが、コスト的に安い気もする。

「今のところ、まだ人間を投入するより効率のいい方法はない。どんなに非合法で、金と手間暇がかかるとしてもね」

「その人たちは、まだケースの中で生き続けてるのか……」

青白く内側からライトアップされた保存ケースを見る。深刻な気持ちになったけれど、モチは楽観的だ。

「そんなに悲惨なものでもないさ。実際、最初は君たちだって本当に異世界に転生したんだと疑わなかっただろう？」

ゲームでも映画でもアニメでも、ファンタジー・エンタメのあふれている現代だ。〝まさか、本当に？〟と思いながらも、順応してしまうことが多いだろうとモチは言う。

「けれど、もしかしたらその中でもリアルの世界に戻りたいと思っている人がいるかもしれない。帰りたいなら手を差し伸べるし、仮想世界で楽しくチートをしていたいという人は、そのまま夢を見させてやっている」

「……」

中には、本当に異世界で人生をやり直したいという人もいるのだろう。あれが幸せとはとても思えないけれど、ツトニやコソ泥ペアのように、リアルの世界で追い詰められて、どこかで人生をリセットしたいと考える人がいてもおかしくない。

「だとしたら、君に出会えたのは幸運だったんだな」

「まあね」

しれっと笑うモチに、由上も笑みを浮かべているけれど、隣にいるヨルは圧を感じた。由上は、まだ全然モチを信用していないのだ。

「素晴らしいノブレス・オブリージュだが、全員を救出するまで無償でやり続ける気なのか？」

義侠心《ぎきょうしん》や正義感に駆られてやるにしては、金をかけすぎている。モチと由上はしばらく画面越しに視線を圧《お》し合った。どちらも笑みを絶やさないが、見えない緊張感が漂っていて、井田も小里も顔を引きつらせている。ヨルも黙った。

――こういう時の由上は、やっぱりマフィアの血を引いてるんだなって思うよな。

笑顔で相手を制圧する迫力がある。しばらく沈黙が続いたあと、結局モチが口を開いた。

「無償とは言ってないよ」

「俺たちは一度も金の交渉をされていないが？」

「君たちは特別」

少し目を伏せて、モチは意味ありげに微笑してから理由を明かした。

「僕は十九歳の時に、仮想通貨……つまり暗号資産でひと財産築いた。その頃、この界隈《かいわい》で注目されていたのが、君の異母弟君《おとうとぎみ》、マクシミリアンだ」

——うわー、やっぱりマフィア絡みだったのか。

由上の兄弟は、由上を除いて、どれも有力なマフィア同士の婚姻から生まれている。弟といっても、きっと油断ならない相手だろう。

「同世代のプログラマーとしてライバル視していたこともあるけれど、それとは別に、彼には暗号資産の取引で何度か煮え湯を飲まされていてね」

「俺を助けたのは奴への復讐が目的か？」

モチはさらりと否定する。

「復讐というほどシリアスではないよ。でも、君をあの世界から強制排出することで、ザマアと思えるくらいには腹を立てていた」

金と食い物の恨みは怖い……と捉えどころのない冗談を口にする。

「それに、『異世界転生』を作ったのはもともとイタリアの企業だけれど、君の異母兄が急にあの会社を買収したから、そこから注視はしていたんだ。どうせ目的は金だろうと思っていたけれど、どうやるのかには興味があったし」

結果として、高コストだった暗号資産を廉価で製造し、異母兄の企業は大儲けした。

けれど、その成功を傍《はた》で見ていた異母弟マクシミリアンは、もっと効率のよい方法を思いついたらしい。兄の創った仮想世界にちゃっかり間借りしてクローズドの空間を作り、ユーザー自身に暗号資産製造をやらせることで荒稼ぎし始めたのだ。

「ユーザーのパソコンの処理能力をちょっと借りるとか、そういうレベルじゃない。君たちも見ただろう？　彼らは全身全霊で暗号資産を造り上げている。彼らのプレイそのものが演算なんだよ」

もちろん、あの空間がマフィアのドンである異母兄にバレたら、血の制裁が待っている。だからマクシミリアンは、世界中から超一流の腕を持つプログラマーを探し、兄に見つからない堅牢《けんろう》な空間の開発を依頼した。

「まあ、それでライバルである僕に仕事を任せちゃったことには気づかなかったみたいだけどね」

モチは一介のプログラマーを装って粛々と納品する傍ら、内情も探っていた。そして、『異世界転生』が、その世界の構築に生きた人間を組み込んでいることを突き止めたのだ。

「納得した部分もあるよ。普通の企業では倫理的にこんなことはできない。これほど違法なやり方は、君の異母兄《あにぎみ》君のような組織が絡んだからこそ可能だった」

事故死を装って、あの世界に必要な頭脳を持つ人間を手に入れる。そして彼らが買収した専門の〝病院〟に入れて、異世界へ繋げたままにする。

「その時、偶然気づいたんだ。人柱にするリストの一番目に載っていたのは、血が繋がっているはずの由上君だってね」

〝人柱〟の計画が先だったのか、目障りな異母弟を仮想世界に閉じ込めておくことが目的だったのか、そこまではわからないとモチは言う。だが、射撃や防御の知識があり、サバイバル能力の高い由上は、人柱として適確な人材だっただろうと推測した。

「できれば君を見つけて強制排出させたいと思っていた。奴の鼻をあかしてやれるしね」

ヨルを見つけたのは偶然なので、ラッキーだとモチは笑うが、この計算高さだとどこまでが本当かわからない。ヨルが複雑に顔をしかめたら、モチは楽しそうな目をした。

「本当にラッキーだったよ。君たちは、僕が誘導しなくてもリゾート地に行ってくれたし」

『異世界転生』の管理システムに気づかれずに人柱の接続を切るには、暗号資産製造工場に入るように仕向けなければいけなかったらしい。あの空間は秘密の空間として、管理者に見つからないように設計されている。だから、中に入ると仮想世界からは切り離され、〝いないこと〟になってしまうのだそうだ。そこなら、ふたりがログアウトしてもエラーが出ず、管理者に気づかれない。

「井田君たちには申し訳なかったけれど、そのために、ヨル君たちが工場に入るまで現地で待機してもらっていたんだ」

閉鎖空間に入ったタイミングで病院に突入し、偽《にせ》の書類で機器ごと運び出す。急に話を振られた井田は驚いて首を横に振った。

「あ、いえいえ。渡航費から滞在費まで、全部面倒をみてもらっちゃって……」

三食観光つきで楽しかったと井田が笑う。それでも制約はあっただろうから、やはり大変だっただろうとヨルは思った。

「その分の費用は俺が払う。今回の輸送費も含めて、かなりかかっただろうしな」

由上が申し出ると、モチは切れ長の目を妖しく眇めて見つめてくる。

「まあ、本来は依頼があった場合だけ動くことだからね。その場合は依頼人に捜査費も含めて経費を請求するんだけど」

――すげー商売だな……。

タダではないと覚悟はしていたが、ヨルは内心でため息をついた。これは、いくら吹っ掛けられるかわからない。だが、モチは意外な交渉を持ちかけてくる。

「君たち、探偵業をやらない？　もちろん、〝異世界〟で」

「え……」

「そろそろ、会社組織にしておこうと思ってたんだ。個人で捜索依頼を受けると、お金の動きが怪しく見えちゃうからね」

「つまり、あの仮想空間に人柱として埋め込まれた人間を捜す役ってことか？」

「そう。由上君は飲み込みが早くていい」

家族などから依頼があった場合に、仮想空間に入って本人を捜し、脱出を助ける。

「今回は運よく製造工場まで誘導できたけど、そうそううまくいく保証はない。しかも、同時に現実世界で身体を救出するための指示も出さなきゃいけないしね。そういう意味では、君たち四人とも、すごく理想的な人材なんだよ」

異世界スキルがあって、あの世界で自由に動ける人間と、リアルの世界で囚《とら》われたボディを救出しに行ける人間。両方手に入れれば、モチはその間に立って両者に指示が出せる。モチは子どものように無邪気な笑みを見せた。まあ、本心からかどうかはわからないが。

「探偵社って、持ってみたかったんだ。どうかな。就職しない？」

仮想空間ビジネスは爆発的に伸びているそうだ。『異世界転生』に限らず、あちらこちらに大規模仮想空間ができていて、その分、今回のような怪しい事案も発生している。

「どうせ君らも戸籍上は死んでるんだし、ここからまともに就職するとなるとだいぶ大変だよ？　それに、由上君としては死んだことにしておいたほうが、何かと安心でしょ？」

由上の父方の異母兄弟たちとの確執は、知っているらしい。

「……よく調べたな」

「お褒めに与かりまして……」

由上は渋い顔をしているけれど、嫌悪はしてなさそうだ。よくも悪くも、モチの要求はストレートで理屈が通っている。

「いいビジネスになると思うんだよね。それに、僕は先駆者になりたいだけで、君たちを支配したいわけじゃないんだ。うまく稼ぎ上げたら、君たちに会社ごと売却してあげてもいいよ」

「ほんとですか！」

「井田……」

隣で井田がつぶらな目を輝かせていて、びっくりする。井田は乗り気らしい。むしろ由上のほうを向いて説得してくる。

「やりませんか？　由上さん。由上さんを見殺しにした会社になんか、戻らないでしょ？」

「お前はどうなんだ」

「僕はとっくに辞めてます。無職です」

「え、無職？」

ヨルが驚いて声を上げると、井田は頭を掻きながら言い訳する。

「まあ、無職っていうか単発の仕事はしてますけどね……でも、定職についていなかったからこそ、急にイタリアへ行けとか言われても対応できたんですよ」

さらに恐ろしいことに、小里も休職中だった。お腹をさすりながら笑う。

「いや、つわりがひどくてさ。二か月目から休職してるのよ」

「笑ってる場合かよ。動いちゃだめじゃん」

「もう大丈夫だよ。安定期に入ったし、つわりも治まったし」

「いや、そういう問題じゃなくて……」

妊婦を飛行機に乗らせたり、洋上に出させたりしたのだ。もし母体に何かあったらと思うと、今すぐドクターヘリを呼びたいくらいだった。

けれど本人はけろりとしている。

「初期のつわりがあんなにひどくなかったら、産前ギリギリまで警護の仕事をするつもりだったのよ。でも、妊娠報告したとたんに後方部隊に回されちゃうんだもん……」

「そりゃそうだろう……」

由上も呆れている。お腹の大きな女性に警護されるだなんて、ハラハラして守られた気になれないじゃないか。

小里は可愛く笑って画面の向こうのモチに言う。

「入った早々産休を取らせてもらうことになりますが、それでも差し支えなければ、会社は退職します」

　第一線から降ろされたことで、本人はあの会社に居続けるモチベーションを失くしていたらしい。退職ではなく休職を選んでいたのは、単に夫が無職だったからだ。

　井田は自分の能力をいかんなく発揮できそうな仕事に目を輝かせている。小里は、きっと肝っ玉母さんになって働き続けるだろう。彼らの生活も保障したいし、自分の仕事も確保したい。

　──それに……。

　ちらりと由上を見る。

　由上もヨルを見ていた。

　由上と一緒に働ける──〝バディ〟でいられるのだ。ヨルは顔をほころばせて誘ってしまった。

「やろうよ」

　由上は渋い顔をしていたけれど、彼を除いて全員がワクワクしながらイエスと言うのを待っている。

一・五秒くらい引き延ばしたものの、ついに由上は息を吐いて降参した。

「わかった」

「わーい!!!」

　小里は井田に抱きつき、ヨルもかまわず由上の首に抱きついた。

　もう、誰にバレてもいい。

　自分は由上が好きで、ずっと一緒にいたいのだから。

「まとまったようだね。では、四人とも採用ということで」

淡々と言うけれど、モチも若干楽しそうだ。

「よろしくお願いします。モチ社長」

ヨルは笑顔で敬礼した。そして由上はしっかり給与と福利厚生の交渉をし、長い初会合が終わった。

17. 世界一大事な初めてのヨル

洋上での日々は、体力の回復と数年のブランクを埋めるのにちょうどよかった。

筋トレの間に、井田や小里からこの世界にいなかった数年分の情報を聞き、これからの働き方を話し合う。モチとも数回のオンライン会議を開き、貨物船は約ひと月ほどの時間をかけて横浜の大黒ふ頭に着いた。

コンテナは中を開けずに車上通関され、中にいたヨルも由上も〝いないこと〟になったまま地上に出た。コンテナの内側にニセのデータを張り巡らせ、その情報をスキャンさせて通関をくぐり抜けたらしい。これもちゃんと事前に井田に素材とプログラムが渡されていて、ヨルたちはモチの手際のよさに感服した。

さらに、モチはヨルたちが入国するまでに横浜に住まい兼事務所を借りてくれていた。万国橋《ばんこくばし》のたもとにある古いビルだ。四人で向かうと、昭和初期に建てられたらしいクリーム色の三階建てビルで、あずき色の扉や、古めかしい格子の窓がレトロ感を醸し出している。

「わあ、すてき。昭和レトロだ〜」

「ちょっとドラマに出てきそうな感じだよな」

少しお腹が目立ちはじめた小里が喜んでいる。軋む鉄扉を開けると、内壁のペンキはところどころ剝げていて、床はコンクリートむき出しだ。

「古い建物だからな、中身はこれから手を入れればいい」

「でも、電気・ガス・水道はちゃんとリノベしてあるそうですよ」

不動産屋へ鍵を受け取りに行ってくれた井田が、シンクの蛇口をひねって確かめてくれる。設備はちゃんとしていそうだ。

各階ワンスペースで約二十畳。一階を事務所に、二階が保存液で満たされた例の機器を設置する場所で、三階が由上とヨルの住まいになる。階段は、廊下がないのでフロアの内側にそのまま造られていた。ひと通り確認して下りて来た井田が、心配そうな顔をする。

「本当に、今日からでいいんですか？」

まだ、家具もカーテン一つすらない。

「うちだったら、遠慮しないでいいのよ？」

小里も、自分たちの住まいに身を寄せておけと勧めてくれる。

「内装が整うまで、通いにすればいいじゃない」

井田たちのマンションは川崎《かわさき》にある。けれど、ふたりとも首を横に振っていた。

「大丈夫だよ。向こうでは野宿も普通にしてたし、屋根があれば充分だ」

「やまちゃんたら……」

――だって……。

ふたりで暮らせるのだ。もう夢のようで、家具がとか家電がとか、そんな準備はどうでもよかった。

「家電は採寸して買うし、机とかは材料を買ってＤＩＹしちゃってもいいしね。ここに住んでゆっくり揃えていくよ」

本当に大丈夫なのかと何度も念を押す小里たちを送り出し、事務所は由上とヨルのふたりになった。井田は出社の用がない限り、リモートワークだ。

「さて、何から手をつけようかな」

まだ何もない事務所で、由上に笑みを向ける。これから、ふたりでこの場所を作り上げていくのだ。

由上は精悍《せいかん》な笑みを返して、まずは安全確認だ、と言う。

仕事の基本だ。盗聴器は仕掛けられていないか、配線におかしなものが混じっていないか。いざという時の脱出ルートは、どこを、どう通ればいいか。

「よし！」

由上が三階から、ヨルが一階から調べて回った。

一階を点検し、鉄のフレーム階段を上って二階に行くと、ちょうど由上も下りてきていた。

二階の窓は遮蔽《しゃへい》されている。古いビルの頑丈さが幸いして、コンテナに積んでいた重たい生命維持装置を設置することができた。

電源を入れた装置は、照明を点けない真っ暗な部屋で、異質な青や白のライトに浮かび上がっている。保存液は入れていないけれど、もし異世界へ調査に潜るとしたら、またこの機械のご厄介になる。

「……この中に、オレたちずっといたんだな」

「ああ……」

いつの間にか、ふたりで並んで見ていた。

外側から見ても信じられない。二歳児だった時も大人の身体に戻った時も、自分の感覚はとてもリアルで、水槽の中に身体を置いてきた状態だったなんてとても信じられなかった。

「この稼業をやるなら、またこの水槽に入ることになるが……本当にいいのか？」

「もちろんだよ」

半ば無意識に、胃に開けられた胃瘻孔《いろうこう》の痕をさすった。こういうのも昔より進化している。長期用VRスーツの裏側には穿孔《せんこう》装置がついていて、スーツを着ると同時にやわらかい注射針のような先端が胃まで侵襲していく仕組みだ。開口も五ミリしかなく、抜管すれば孔は自然に塞がるから、絆創膏《ばんそうこう》を貼るだけで済む。むしろ由上は何を心配しているのかと思ったら、肩を抱き寄せられた。

「新たな戸籍を手に入れない限り、仕事の選択肢は限られてくる。俺はあの世界をフィールドにするのは面白いと思っているが、お前は本当にそれでいいのか？」

ヨルは向き合って由上を抱きしめ返した。

「オレがやろうよ、って誘ったんじゃん」

自分の異母兄弟が仕組んだことだったから、由上はきっと罪悪感を持っているのだと思う。

「戸籍上のことはどっちだって同じだよ。モチのおかげで不自由はないし、むしろ死んだことになってるほうが、由上の身の安全にはいいだろ？」

「あの兄弟たちが、この程度で諦めるとは思わないけどな」

維持装置ごとボディが消えたことは、とっくに気づかれているだろう。復讐を恐れて、より完全に息の根を止めに来ようとしているかもしれない。けれど、それこそ望むところだと由上も笑う。

「どのみち、どこかで決着はつけなければならないと思っていた」

マクシミリアンの造った秘密の空間のことも、世界構築に生きた人間を人柱として投入していることも、世間にバレたら倫理上大問題だ。向こうは証人となる由上やヨルを消しにかかってくるだろう。

暗号資産は巨額の金が動くから、世間に告発、なんて考えても実行する前に始末される。由上の兄や弟たちの思惑だけではなく、背後にはもっと大きなところが絡んでいるはずだ。儲け話のためなら人の命の一つや二つ、平気で消すに違いない。

「奴らとも、しばらくはあの異世界で対決するしかないんだろうな」

「ぐるっと一周回って、同じ答えになったじゃん」

ふたりで顔を見合わせて苦笑した。探偵業をやるしかない。あの異世界へダイブして、人を捜したり悪を暴いたりするのだ。

いつまでも、抱きついたまま体温を味わっていたかった。由上もしばらくそうしていてくれて、それから家具を買いに行こうと誘ってくれた。

「何もないからな。しばらくは買い物三昧だ」

「いいね！　クィーンズスクエアに行こうよ！」

はしゃぎながら階段を下り、にぎやかな商業施設へと向かった。

とっておきのデザートを食べ惜しむように、ヨルはいつまでも買い物ではしゃいだ。

本当は、コンクリートの床でもいいから今すぐにでも抱き合いたい。けれど一方でその瞬間が来てしまうのがもったいない気がしてしまう。

あちこち店を見て回り、運河に停泊させた船のレストランで夕食を取り、とっぷり日が暮れてから帰路についた。

季節は夏に向かっていて、七時を過ぎてもまだ夕暮れの名残がある。運河沿いを歩くと、桜木町《さくらぎちょう》の駅前から渡されている空中ケーブルが、ぴかぴかに光りながら音もなく行き交う。

「蛍《ほたる》みたいだね」

「ああ」

ふたりは帰る人々が向かう駅への流れと逆側に歩いていく。

真っ暗だったビルに鍵を差し込み、中に入ると、窓からの光がコンクリートの床に射し込んでいた。明るい観光地の光をおすそ分けされたみたいに、窓の向こうはにぎやかで、ビルの中だけが別世界のように静かだ。

ふたりとも申し合わせたように灯りのスイッチを入れない。ヨルが由上の腕を取り、そのまま抱きしめる。

「オレ、このシチュエーションが最高にいい初夜だと思うんだよね」

「ベッドもないのにか？」

「オレたちらしくない？」

由上と、思い出を数え上げてみる。

「雪の野宿だろ？　森の中だろ？　土の上だろ？」

「川べりもよかったな」

「あー、朝から水浴びできたやつな！」

楽しかった。戻ってきた今となっては、どれもこれも大冒険で、ふたりで旅をしたのはわずか四か月くらいでしかないのに、何年も一緒に暮らしていたような気持ちだ。

「また、一緒に行こうね」

「ああ」

返事とともに唇が押し当てられる。船では部屋も別々だったから、戻ってきて初の〝生身キス〟だ。

「ん……………」

唇の熱と吐息。耳を掠めていく息遣い。異世界で抱き合った時と同じ感触なのに、どこかが違う。

ふたりで淫らに貪り合って、灯りが射し込む床に座り込み、ようやく唇を離した。

「なんだろう……やっぱりリアルだから違うのかな」

「どこか違うか？」

髪を梳かれながらヨルはしばらく考えた。どこがとも、何がとも言えない重み。

「きっと、重力分だけ重く感じるんだよ……」

「ロマンチストだな」

由上は低く笑う。けれどヨルはシャツのボタンを外されながら答える。

「そうかもしれない……でも、こんな風にずっしりと感じて抱き合えるのは、すごくいい」

「……ああ、俺もそう思う」

脱がされるシャツから腕を抜くと同時に、由上の服に手を伸ばす。お互いに服を脱がし合って、ざらりとしたコンクリートの床に転がる。夏のはじめの夜は少し蒸した感じで、ひんやりした床が気持ちよかった。

「っ……由上……」

耳介や首筋に、由上の唇を感じる。熱っぽく愛撫してくれるくせに、片腕で抱きながら、器用にヨルの身体の下に脱いだ服を敷いてくれるあたりが、さすができた男だと思う。

背中も腰もちゃんと服の上で、気がついたら仰向けで由上に姿勢を整えられている。

「背中、痛くないか？」

「うん」

ジェントルマンすぎて、ちょっと笑ってしまう。

——オレ、野宿も平気な男なのに。

まだ丁寧に馴らそうとしている由上の首に腕を回し、引き寄せる。

「準備万端だからね、今日は由上の好きなようにやっちゃって」

「俺はいつも好きなようにやってるけどな」

「嘘つけ」

ちゅっと頬にキスした。フェラだって最後まではやらせてくれない。強引なようで、由上はいつだって紳士だ。

「挿れて……早く」

とびっきり甘く煽ってみたら、由上が眼鏡の奥で目を眇めた。

「お前……」

気難しく眉根に皺《しわ》を刻んでいる。けれど、腹に当たっているものが硬度を増した。

「童貞のくせに、生意気な口を利くと、あとで後悔するぞ」

からかっているのか怒っているのかわからない。けれどぐっと脚を左右に押し広げられ、すでに開発済みの場所に昂った芯をあてがわれる。

「啼かせる気でやるからな」

「うん。きてきて……っ……ぁ………」

ノリよく返したつもりだけれど、グッと入れられただけで言葉が途切れてしまった。

――あ……すごい……きもちいい………。

指とは全然違うのだ。みっしりと硬いものが身体の内側に入ってくる。脈打つ感じまで襞から伝わり、ヨルはたまらなくなって由上の背中に手を伸ばした。

「ぁ……ぁ、よし…がみ……すっげ……きもち、い……」

覆い被さられて全身で由上を感じた。

――オレ、由上とセックスしてるんだ……….。

腹の奥に相手の肉体を感じて、じわんと涙が込み上げる。唇を悪戯っぽく啄《ついば》んでいた由上が案じてくれた。

「痛むか？」

「ううん」

涙目のままで微笑む。

「ちょっと……感動しちゃって……」

「めでたく童貞は童貞卒業だからな」

あ、童貞は童貞のままか、とからかわれたけれど、気持ちが込み上げてそれどころではなかった。

「そんなんじゃ、ないよ……」

ぎゅっと脚でも由上の身体に絡む。

「すげー、初夜まで長かったなって」

待たせたなと低く言う声が、腰まで響きそうだ。

「魔法使いになる前に間に合ってよかった」

「ぁ……ひ……ひど………ん……っ」

揺さぶられて、内臓を擦り上げられる快感に蕩けてしまう。由上にしがみついて悶えると、由上の目が色気を帯びた。

「だが、おかげで色々勉強できた」

ぐっと奥深くまで腰を進め、ギリギリまで引き抜き、一番感じるスポットを抉って前後する。目の裏で火花がスパークするような刺激に、ヨルは背を撓《たわ》ませて声を上げた。

「ぁ…ぁあっ……ぁ、ぁ……」

ゆさゆさと上下されて、いつの間にか由上は上半身を離して起き上がっている。

「お前の好きな体位とかも聞き出せたしな。いい事前準備だった」

ぐいっと腰を持って、抉る角度を変えて注挿《ちゅうそう》を繰り返す。猛った芯が淫猥に身体から出入りして、ヨルは甘い悲鳴を上げた。

「あ……ぁ、ぁん……、ん……っつ、由上、ぁ、ぁ」

手が空を掻く、腰が蕩けて勝手にビクビクと跳ね、込み上げる快感に自分の肉芯は何度も腹に体液を噴き上げた。

「んっ……ん、も……おかしく……おかしくなるから……っ、よしがみ……っ……ぁ」

「いい声だ……」

「よ……っぁ……ぁあ……ん」

気持ちよすぎて言葉にならなかった。半端に紡いだ声は喘ぎに変わり、貫かれたまま身を捩って悶える。涙目で見上げると、由上も荒い息を吐いていた。

「あ、あっ、あ……あぁっ……ん」

腹の深いところで熱い体液が注がれたのがわかる。ヨルは夢中で由上を抱きしめ、互いの激しい鼓動を味わった。

「ヨル……」

包まれた腕に、ヨルは言葉にならない深い愛情を感じた。

――由上……大好きだよ。

窓の向こうのにぎわいが、遠い世界のように小さく聞こえる。

ふたりとも身体を絡めて抱き合ったまま、長いことその余韻を味わっていた。

18.『異世界探偵』はじめました

『望月《モチヅキ》探偵社』のＨＰは、トップページに十秒ほど動画が出てくる。黒い画面に白猫がトコトコと現れてふっさりした尻尾を揺らすと、古めかしい映画のようなタイプライター音とともに、白い字幕が横に流れるのだ。

「ようこそMOCHI'sKI《モチズキ》探偵社へ。当社は仮想空間で活躍する探偵社です。ネット上での浮気調査から仮想空間での人捜しまで、どんなご依頼でも引き受けます。ただし、報酬は要相談で」

白猫は見えないアクリル板でも挟まっているかのように、前足を宙に当てて、肉球スタンプで@を押していく。そして前後にアルファベットが並び、申し込み専用アドレスが表示される。

白い画面に変わると、墨《すみ》文字のクレジットとともにふたり分のシルエットが小さく並んだ。

「リアルでのご相談をご希望の方は、事務所へどうぞ」

あとがき

お読みいただいて、ありがとうございました。そこそこイケメンなのにヘタレ童貞のヨルと、生粋のスパダリ由上《よしがみ》のコンビはいかがでしたでしょうか。

さて、ここからはさっそくネタバレなので、あとがきから読まれる方はご注意を。

今回は、異世界ファンタジー……かとみせかけてちょっとSF風味のお話でございます。舞台も、そんなに遠くない近未来を想定しました。ドローンも仮想通貨も日常になりつつあり、なんとなくありえなくもない世界かなと思っております。とはいえ、技術的な部分については、あくまでもふんわりと世界観をお楽しみいただけるとありがたいです（笑）。

石田恵美《いしだめぐみ》先生には、フェロモン漂う由上と、むっちゃ可愛いヨルをお描きいただけて大感謝です。石田先生に描いていただけるのを、すごく楽しみにしておりました。お忙しい中、本当にありがとうございました。

また担当様には、この度も大変な労をお取りいただきありがとうございました。毎度毎度文字統一がなってなくて、誠に申し訳ございません（陳謝）。そして、ちびヨルをはじめ、自由に書かかせていただいて、本当にありがとうございます。とっても楽しい制作期間でした（ぺこり）。

さて、今作にはＢＧＭにおススメな曲があります。んちゃ -nCha-さんという方の曲で（YouTubeに上がっています）『マックのポテトが揚がる音を澤野弘之《さわのひろゆき》っぽくしてみた』というタイトルです。あのファストフードでよく耳にする「チャラ ラ～♪」という音が、もののの数秒で『ガン●ム』っぽくなるんですよ。神ってます。シリアスなんだけど、元はポテトの揚がる音、というギャップが、今回の二人が置かれた状況とすごくマッチしている気がしました。よかったらぜひ聞いてみてください。

最後に、いつも読んでくださっている方には耳タコ構文かもしれないのですが、ここで初めましての方もいらっしゃると思うので、宣伝させてください。既刊の書籍の続編は、すべて電子版（Kindle Unlimited）またはAmazonのペーパーバックでお読みいただけます。商業誌だけではなかなか話が納められず、たいてい同人誌で完結しております。オリジナルのＳＦなども出しているので、ジャンル的にお好きな方はぜひお手に取っていただけたら幸いです。

あと、本作のご感想をお聞かせいただけたら嬉しいです。お待ちしております。

深月《みつき》ハルカ拝

リンクスロマンスノベル

追っかけ転生でちび王子になった件 ～スパダリ勇者と秘密の世界～

2024年10月31日 第1刷発行

著　者　深月《みつき》ハルカ
イラスト　石田《いしだ》惠美《めぐみ》
発行人　石原正康
発行元　株式会社 幻冬舎コミックス
〒１５１－００５１　東京都渋谷区千駄ヶ谷４－９－７
電話０３（５４１１）６４３１（編集）
発売元　株式会社 幻冬舎
〒１５１－００５１　東京都渋谷区千駄ヶ谷４－９－７
電話０３（５４１１）６２２２（営業）
振替　００１２０－８－７６７６４３
デザイン　藤井敬子
印刷・製本所　株式会社 光邦

検印廃止